Kirsten Boie

Der durch den Spiegel kommt

Vignetten von
Dorothea Göbel

Verlag Friedrich Oetinger · Hamburg

Kirsten Boie, 1950 in Hamburg geboren, studierte Deutsch und Englisch und promovierte in Literaturwissenschaft. Von 1978 bis 1983 arbeitete sie als Lehrerin. Ihre Kinder- und Jugendbücher, darunter „Paule ist ein Glücksgriff", „Mit Jakob wurde alles anders" und „Nicht Chicago. Nicht hier.", erhielten zahlreiche Auszeichnun-gen. Für ihr Gesamtwerk wurde Kirsten Boie für den Internationalen Jugendbuchpreis, die Hans-Christian-Andersen-Medaille, nominiert. Ihre Bücher sind bislang in sechzehn Sprachen übersetzt worden.

„Kirsten Boie ist Deutschlands wichtigste Kinder- und Jugendbuchautorin." (Die Welt)

Einband und Vignetten von Dorothea Göbel
Reproduktion: Domino GmbH, Lübeck
Druck und Bindung: Westermann Druck Zwickau GmbH
Printed in Germany 2001

ISBN 3-7891-3145-8

Inhalt

Der Abend kommt und hoch über den Hügeln steht Der-über-den-Wolken-wohnt und sieht die Sterne am Himmel und sieht, wie auf der Erde die Lichter angehen, eins nach dem anderen.
„Jetzt lauf", sagt er zum Kaninchen. „Jetzt ist es so weit, darum warte nicht länger. Denn wir haben keine Zeit zu verlieren."
Das Kaninchen sieht hinauf zu den Sternen und sieht hinab auf die Erde, auf der Millionen Lichter funkeln, und auf einmal ist sie so groß und der Horizont liegt so weit hinter all dem Leuchten, und dass es das eine Licht finden soll, auf das es jetzt ankommt, erscheint ihm plötzlich ganz unmöglich.
„Vielleicht", sagt das Kaninchen schnell, „bin ich doch noch nicht so weit. Ich bin ja nur ein Kaninchen. Und du hast so viele andere, die weiser sind und erfahrener als ich ..."
„Auf einmal?", sagt Der-über-den-Wolken-wohnt und lächelt; und plötzlich rückt der Horizont näher und der Weg scheint ganz leicht. „Hast du mich nicht gebeten, dir einen Auftrag zu geben, seit deine Ohren ausgewachsen sind? Wenn er gebraucht wird, hat jeder seine Kraft."
„Aber nicht gleich eine so schwierige Aufgabe, Meister!", sagt

das Kaninchen. „Und eine so wichtige! Vielleicht solltest du lieber …"
„Nur wenn es schwer wird, sehen wir, was in uns steckt", sagt Der-über-den-Wolken-wohnt. „Hier ist der Spiegel. Und hier ist der Plan."
Das Kaninchen steckt sie in seine Tasche und sieht hinauf zu den Sternen und sieht hinab auf die Erde, wo Millionen Lichter funkeln; und die Erde ist so groß und der Horizont liegt so weit hinter all dem Leuchten, und dass es das eine Licht finden soll, auf das es jetzt ankommt, erscheint ihm ganz und gar unmöglich.

„Jetzt lauf", sagt Der-über-den-Wolken-wohnt. „Dich habe ich ausgewählt. Lauf!"
Da macht sich das Kaninchen auf den Weg, zögernd zuerst, und das Wissen darum, was von ihm abhängt, jetzt noch von ihm ganz allein, macht es schwindlig.
Immer hat es sich danach gesehnt.
„Lauf", sagt die Stimme. „Dich habe ich ausgewählt."
Und die Lichter kommen näher.

1.

Wie es angefangen hat

Wenn ich jetzt meine Geschichte erzähle, wird niemand mir glauben. Keinem ist so etwas passiert. Keinem ist jemals etwas Ähnliches passiert, nur mir, ausgerechnet mir. Aber es ist trotzdem die Wahrheit, und wenn ich meine Schatzschublade aufziehe, dann liegt da der Spiegel: Zwischen all meinen Schätzen liegt er, neben der Schachtel mit den Muscheln, die ich auf unserer Klassenfahrt an der Nordsee gesammelt habe, und der kleinen durchsichtigen Dose mit schönen Haarbändern und den Glanzpapierpuscheln, die sie in der Eisdiele immer auf die Kinderbecher setzen. An Katjas Geburtstag sind wir mit fünf Kindern da gewesen, und ich durfte von allen die Puschel behalten.

Zwischen diesen Dingen liegt jetzt der Spiegel, und Mama sagt: „Was ist denn das für ein alter, kaputter Spiegel, Anna? Wo hast du den denn her?" Wie damals, als ich zurückgekommen bin.

Und wieder überlege ich, ob ich ihr die ganze Geschichte erzählen soll, vom Land-auf-der-anderen-Seite und von Rajún, meinem Gefährten, der die Dinge erlösen konnte durch ihre

Melodie; von Evil dem Fürchterlichen, von all meiner Angst und von unserem Sieg.
Aber ich weiß ja, sie würde mir nicht glauben. Denn Ähnliches ist niemals geschehen, und Mama würde sich sorgen um mich und ihre Hand auf meine Stirn legen und sagen: „Du hast doch kein Fieber, Anna? Ist alles in Ordnung?"
Und wenn ich dann trotzdem versuchen würde, es ihr zu erklären, würde ihre Sorge nur noch größer werden und sie würde mich zum Arzt bringen und um Hilfe bitten. Und dabei ist keine Hilfe nötig. Mir geht es gut.
Ja, es geht mir so gut, seit ich zurückgekommen bin, und ich will nicht, dass Mama sich Sorgen macht. Darum lege ich den Spiegel ganz zuunterst in die Schublade und erzähle ihr lieber schnell von der Schule.
Und dass Katja mich auslacht, will ich auch nicht; darum sage ich auch ihr nichts von meinen Abenteuern; obwohl sie doch meistens meine beste Freundin ist.
Einmal habe ich es versucht, in der großen Pause zwischen Sachkunde und Deutsch. Wir hatten in der Stunde gerade darüber geredet, wie kleine Tiere sich gegen große zur Wehr setzen können, der Igel zum Beispiel mit all seinen spitzen Stacheln, und plötzlich hab ich gedacht, es ist eigentlich fast so, wie es bei mir und Evil war. Die Starken müssen nicht immer die Sieger sein.
„Katja, ich hab auch mal so was erlebt", hab ich gesagt, aber Katja musste grade mit Nasrin ihr Meine-besten-Freunde-Buch durchblättern. Da kleben immer alle ihren Steckbrief rein und ihr Foto, und wenn man das dann ein Jahr später anguckt, muss man lachen, wie klein und komisch sie mal ausgesehen haben.
„Katja, ich war im Land-auf-der-anderen-Seite."

„Dänemark?", hat Katja gesagt und mit dem Finger auf ein Foto von Krischi gezeigt. Dann wollte sie sich totlachen.
„Nee, nicht in Dänemark!", hab ich gesagt. „Das Land-auf-der-andere-Seite ist kein richtiges Land! Kein normales! Katja, hör doch mal zu! Das ist nicht richtig auf dieser Welt!"
„Sag mal, spinnst du?", hat Katja gesagt. „Willst du jetzt Märchen erzählen?"
Und sie hat weiter im Meine-besten-Freunde-Buch geblättert. Da saß auf einem Foto Micha auf einer Schaukel und war bestimmt noch im Kindergarten. „Bist du bescheuert?"
„Ich mag Märchen gerne", hat Nasrin gesagt. „Mein Papa liest uns die manchmal vor."
Da hab ich gewusst, dass es sinnlos ist, und hab mein Leberwurstbrot genommen und bin auf den Hof gegangen. Ich bin auf dem Kletterhaus auf dem Dach balanciert, aber es hat mir keine Angst gemacht. Es ist ja nichts gegen all das, was ich tun musste, als ich im Land-auf-der-anderen-Seite war.
Manchmal möchte ich meine Geschichte so gerne erzählen, dass ich fast zerspringe. Dann fühle ich mich so allein, und ich mache die Augen zu und sehe Rajún, wie er im Stall sitzt und auf seiner Mundharmonika spielt. Wenn ich ihm eine Weile zugehört habe, kann ich die Augen wieder öffnen. Bestimmt denkt er auch oft an mich.
Ich weiß ja, dass niemand mir glauben kann, bestimmt täte ich es auch nicht. Was wäre wohl, wenn Katja mir eine Geschichte erzählen würde von den Wandernden Wegen und den Bergen des Bösen; vom Zeichen des Schmieds und vom Ring; von all unserer großen Angst und von noch größerem Mut?
Und niemand wird begreifen, warum es ausgerechnet mir passieren musste. Ausgerechnet mir, wo ich doch so langweilig

und so normal und so durch und durch durchschnittlich bin! Denn das bin ich wirklich, und immer noch, immer noch überlege ich, warum gerade ich den Spiegel finden musste. Dabei sollte ich jetzt doch längst wissen, dass es manchmal nicht weiterhilft zu fragen. Sondern zu tun, was getan werden muss, das habe ich jetzt ja gelernt.
Ich bin gegen Evil aufgestanden, ich und nicht Katja mit den langen blonden Haaren und den blauen Augen, neben der alle immer sitzen möchten. Ich und nicht Alessa, die beim Völkerball immer als Erste ausgesucht wird. Ich und nicht mal Assal, die in allen Fächern immer die besten Arbeiten schreibt und sich dafür noch nicht einmal anstrengen muss. Ich, Anna, habe mit meinem Gefährten das Land-auf-der-anderen-Seite befreit, und niemanden hat es gekümmert, dass meine Haare mehr so eine Mausfarbe haben und dass mich beim Völkerball alle nur mittelgerne in ihrer Mannschaft haben wollen und dass ich auch nicht so besonders schlau bin. Ich habe ausgereicht, genau so, wie ich bin.
Und darum erzähle ich meine Geschichte jetzt doch. Weil es ja jedem passieren kann! Wenn man gar nichts Besonderes sein muss, um so eine Aufgabe zu lösen, dann kann es doch schließlich jedem passieren. Auf einmal findet man einen Spiegel, und schon muss man eine Heldin sein.
Mir ist es im letzten Herbst passiert, ganz kurz nachdem Nasrin neu in unsere Klasse gekommen war. Es war nachmittags und ich hatte meine Hausaufgaben schon gemacht und im Fernsehen gab es auch nur immer dasselbe. Und Katja hatte sich mit Nasrin verabredet, obwohl sie doch eigentlich meine beste Freundin war, und zum Malen hatte ich auch keine Lust. Da habe ich Mama beim Fensterputzen zugeguckt.

„Was ist denn eigentlich los mit dir, Anna?“, hat Mama gesagt und so ganz gefährlich auf dem Fensterbrett balanciert. Das ist ja lebensgefährlich, wenn man nicht fliegen kann. „Den ganzen Nachmittag hängst du hier schon rum. Weißt du nichts mit dir anzufangen?“
„Ich hab keinen zum Spielen“, hab ich gesagt und zugeguckt, wie Mama mit Zeitungspapier die Scheibe poliert hat, bis sie so blank war, als gäbe es sie nicht. „Katja spielt heute mit Nasrin.“
„Und?“, hat Mama gesagt und ist auf die nächste Fensterbank geklettert. Sockfuß. Sonst gibt es ja Flecken auf dem Brett. „Kennst du nur Katja auf dieser Welt? Ihr seid vierundzwanzig Kinder in der Klasse, oder? Und hier im Haus wohnen auch noch einige! Geh doch zu Micha.“ Dann hat sie die Scheibe mit Schaum eingerubbelt, dass es getropft hat.
„Den kenn ich nicht so gut“, hab ich gesagt. Obwohl ich selbst gehört hab, wie blöde das klang. Aber mit Jungs wollte ich damals nicht so viel zu tun haben. Bis ich Rajún getroffen habe, meinen Gefährten.
„Und?“, hat Mama wieder gesagt. „Ist es so völlig unmöglich, mal was Neues auszuprobieren? Warum gehst du nicht und klingelst irgendwo und fragst, ob einer mit dir spielen will?“
Ich hab nur den Kopf geschüttelt. „Ich spiel doch immer mit Katja“, hab ich gesagt.
Mama hat sich nicht mal zu mir umgedreht. Sie hat wieder Zeitungspapier genommen, und es hat ausgesehen, als ob sie mit dem Fenster gesprochen hat.
„Man kann nicht erwarten, dass einem im Leben immer alles auf einem silbernen Tablett serviert wird“, hat sie gesagt und an einer Stelle gerubbelt, wo ein Fleck nicht gleich weggegangen ist. Vielleicht hatte da ein Vogel gegen das Fenster gekackt.

„Ein bisschen muss man sich schon selber anstrengen, Madame."
Aber ich wollte mich nicht anstrengen. Jetzt gerade wollte ich nur dasitzen und Mama zugucken und schlechte Laune haben.
„Dann geh wenigstens los und kauf fürs Abendbrot ein", hat Mama gesagt.
Und sie hat mir einen Einkaufszettel diktiert und ich hab mir den Korb aus dem Besenschrank geholt und das Geld aus Mamas Geldbörse. Dann bin ich in den Fahrstuhl gestiegen und nach unten gefahren. Und so hat es angefangen.
14 Manchmal überlege ich, was wohl geschehen wäre, wenn Katja sich an diesem Nachmittag nicht mit Nasrin verabredet hätte. Oder wenn ich in meinem Zimmer geblieben wäre und hätte ein Fensterbild gebastelt. Das kann ich nämlich gut.
Hätte dann ein anderes Kind den Spiegel gefunden?
Ich wüsste gerne, was dann jetzt los wäre auf der Welt.
Vielleicht ist es gut, dass alles gekommen ist, wie es ist.

2.

Das Kaninchen

Draußen fing es gerade an, dämmrig zu werden. Auf dem Spielplatz haben die Mütter ihre kleinen Kinder eingesammelt, und vom Bolzplatz kamen die Rufe der Jungs. Die Menschen waren unterwegs von ihrer Arbeit nach Hause, und die große Straße war voller Autos. Da hab ich gewusst, dass ich zum Supermarkt nicht einfach so rüberrennen kann, wie ich es sonst manchmal tue, sondern dass ich den ganzen Weg bis zur Ampel gehen muss, wenn mir mein Leben lieb ist. Und ich hab gedacht, dass Mama es sich ja mal wieder einfach gemacht hat, sie sitzt da oben gemütlich in der Wohnung, und ich muss den ganzen weiten Weg bis zum Supermarkt gehen.
Ich bin also über den Rasen gelaufen, weil das eine Abkürzung ist, wenigstens ein bisschen. Obwohl Kinder nicht auf den Rasen sollen, das steht extra auf den Schildern, die unten im Hauseingang hängen. Der Rasen ist nur für die Schönheit da. Aber jetzt war es ja schon dämmrig, da konnte mich vielleicht keiner sehen.
Zuerst bin ich also ganz normal gegangen, ein bisschen trödelig

sogar. So ganz große Lust hatte ich ja nun auch nicht zum Einkaufen. Aber als ich in der Mitte zwischen den Häusern auf dem Rasen angekommen bin, ungefähr da, wo das große Gebüsch ist, hat es plötzlich ausgesehen, als ob die Dämmerung noch dichter geworden wäre. So schnell wird es bei uns sonst eigentlich nicht dunkel.
Ich hab einen Schrecken gekriegt, weil ich doch im Dunkeln draußen immer Angst habe und mein Trostlied summen muss, und außerdem erlaubt Mama mir sonst auch gar nicht, dass ich dann rausgehe. Aber heute hatte sie wohl nicht richtig aufgepasst, und ich hab gedacht, wenn ich nicht anfange zu rennen, ist es stockfinstere Nacht, bevor ich wieder zu Hause bin. Da hat es richtig ein bisschen in meinem Magen gezogen, und ich habe mein Trostlied noch lauter gesummt.
Und dann habe ich es gesehen. Neben der großen Birke hat es gehockt, nicht weit vom Gebüsch, und es ist überhaupt gar nicht weggerannt, als ich gekommen bin, und es hat einfach ganz still dagesessen. Als ob es mich erwartet hätte. Da bin ich vor Verblüffung erst mal stehen geblieben.
Natürlich gibt es manchmal Kaninchen bei uns in der Siedlung, die gibt es ja überall, wo Rasen ist und ein paar Büsche wachsen. Im Frühling liegen sie manchmal totgefahren auf der Straße, das sind die Babykaninchen, die sich noch nicht auskennen und nicht wissen, wie gefährlich es ist auf der Welt.
Aber niemals bleiben sie still sitzen, wenn man in ihre Nähe kommt, nicht mal, wenn man ihnen eine Karotte hinhält. Immer rennen sie weg, weil sie Angst haben vor Menschen. Und Kinder sind ja natürlich auch welche. Menschen, meine ich.
Darum war ich so erschrocken, dass dieses Kaninchen dagesessen hat, als ob es mich erwartet. So still sitzen Tiere ja nur,

wenn sie tollwütig sind, das hat Mama mir erklärt, als wir im letzten Sommer einmal im Wald spazieren waren, und dass man ihnen dann nicht zu nahe kommen darf. Weil sie sonst beißen, und dann kriegt man selber die Tollwut. Und das ist keine schöne Krankheit.

Darum hab ich überlegt, ob ich überhaupt näher rangehen soll an das Kaninchen oder ob ich nicht lieber doch gleich zum Supermarkt flitze. Das Kaninchen hat aber so still dagesessen und immer zu mir hingeguckt, dass ich gedacht habe, vielleicht hat es ja gar keine Tollwut. Vielleicht hat es sich irgendwo verletzt und kann nicht mehr hoppeln. Weil es in eine Scherbe getreten ist, zum Beispiel. Und nun wartet es darauf, dass jemand es zum Tierarzt bringt. Obwohl Kaninchen ja vielleicht nicht mal wissen, dass es Tierärzte gibt. Jedenfalls wilde Kaninchen nicht.

Ich bin also ganz vorsichtig noch einen Schritt näher gegangen und noch einen, und die ganze Zeit hat das Kaninchen mich angeguckt, als ob es mich erwartet. Und dann hab ich auch gesehen, warum.

Es war ein zahmes Kaninchen, gar kein wildes, das in einer Höhle unter dem Rasen wohnt. Es sah natürlich schon so aus wie ein wildes Kaninchen, braun, und es hat auch dagehockt wie ein Kaninchen, das einfach mal grade aus seinem Bau geschlüpft ist, um in der Dämmerung sein Abendbrot zu futtern; aber um seinen Hals hatte es ein Halsband, das hat irgendwie so gefunkelt, und vorne dran hing ein Ledertäschchen, wie manche Leute es sich mit ihrem Geld um den Hals hängen, wenn sie in Urlaub fahren in ein fremdes Land und glauben, da werden sie beklaut. Eine Reisegeldbörse hatte das Kaninchen um seinen Hals gehängt, und das war ja nun wirklich ziemlich

komisch. Ich hab noch nie gehört, dass Kaninchen verreisen können, wirklich. Oder einkaufen.
„Na, willst du mit zum Supermarkt?", hab ich gefragt, und ich musste ein bisschen lachen, weil ich das so komisch fand. Obwohl es doch eigentlich dämmrig und ein bisschen gruselig war. „Wo hast du denn deinen Einkaufskorb?"
Aber das Kaninchen hat mir natürlich nicht geantwortet und mich nur immer weiter so angestarrt, als ob es sagen wollte, was für ein albernes Gerede. Da war es mir fast ein bisschen peinlich, obwohl einem ja eigentlich vor einem Kaninchen

nichts peinlich sein muss.
„War nur ein Scherz", hab ich darum gesagt, als ob das Kaninchen mich verstehen könnte, und genau in diesem Augenblick habe ich ihn gesehen. Ein Blitzen habe ich gesehen, auf dem Boden, genau vor meinen Füßen. Fast wäre ich draufgetreten. Wenn ich mir vorstelle, dass ich fast draufgetreten wäre! Dann wäre der Spiegel zerbrochen, und gar nichts wäre passiert. Ich hätte eingekauft für Mama und wäre mit meinem vollen Korb nach Hause gelaufen, summend und ein bisschen ängstlich in der Dunkelheit; und Mama und ich hätten zusammen Abendbrot gegessen, und vielleicht hätte sie mir vor dem Schlafengehen noch ein Märchen vorgelesen. Obwohl ich für Märchen doch eigentlich zu alt bin. Und alles wäre gewesen wie immer. Man stelle sich vor.
Aber nun hatte ich das Blitzen also rechtzeitig gesehen, und ich hab mich gebückt, weil ich neugierig war. Es konnte natürlich auch nur eine alte Glasscherbe sein, die Scherbe vielleicht, an der das Kaninchen sich seine Pfote verletzt hatte. Dann war ja klar, warum es so still hier saß.
Aber irgendwie hatte ich nicht das Gefühl, dass es nur eine

Scherbe war. Irgendwie hatte ich, schon als ich mich gebückt habe, nicht das Gefühl, dass es nur eine langweilige alte Flaschenscherbe war, die einmal kurz aufgeleuchtet hatte. Irgendwie hab ich schon in diesem Augenblick gewusst, dass jetzt gleich etwas Besonderes passieren würde. Wenn ich natürlich auch noch nicht die kleinste Ahnung hatte, was.

Das Kaninchen hat mich immer noch angestarrt, als ich mich gebückt habe, und wenn es kein Kaninchen gewesen wäre, hätte ich geglaubt, dass es plötzlich erleichtert aussah. Aber ich habe mir keine Gedanken darüber gemacht.

Denn was da vor mir auf dem Boden lag, war ein Spiegel. So ein altmodischer Handspiegel war es, wie ihn die Prinzessinnen in den Märchenfilmen immer in die Hand nehmen, wenn sie sich drehen und wenden, um zu gucken, wie schön sie sind. Er hatte einen zierlichen Griff aus Silber, und das Spiegelglas im silbernen Rahmen leuchtete so hell, dass ich mir vielleicht schon mal Gedanken hätte machen können, wieso. Wo es doch inzwischen fast dunkel geworden war!

Aber ich war ja so dumm damals. Ich habe den Spiegel aufgehoben und gedacht, dass jetzt bestimmt irgendwo ein Mädchen ziemlich traurig ist, weil es seinen wertvollen Spiegel verloren hat. Denn dass er wertvoll war, konnte ich ja sehen. Der silberne Rahmen und der Griff waren fein verziert, und als ich genauer hingeguckt habe, hab ich erst gemerkt, dass der Griff gearbeitet war wie der Stamm eines dicken, alten Baumes. Und oben in seiner Krone war das Spiegelglas eingepasst. Die Äste waren der Rahmen, mit vielen kleinen Blättern und Zweigen, und so schön sah der Spiegel aus, dass ich mir gar nicht vorstellen konnte, wer in unserer Siedlung etwas so Wunderbares besitzen könnte.

Ich habe den Spiegel also umgedreht, weil ich wissen wollte, wie der Baum von der Rückseite aussah, und da war ich erst richtig verblüfft. Weil die Rückseite nämlich nicht nur aus Silber war, sondern aus Gold, ein Baum wie auf der Vorderseite aus leuchtendem, rötlichem Gold, und zwischen seinen Ästen glänzte wieder ein Spiegel.

Natürlich konnte man nicht wissen, ob das Gold echt war, ich hab es aber geglaubt. Wo doch alles so wunderschön und so wertvoll aussah! Und dass auf der Rückseite noch mal ein Spiegel war, war auch wunderschön. Das haben die Prinzessinnenspiegel in den Märchenfilmen ja nicht.

Und ich hab mir gleich gedacht, dass einer von beiden sicher ein Vergrößerungsspiegel ist, wie Mama ihn zum Brauenzupfen und Wimpernschminken nimmt: So ein kleiner Klappspiegel für die Handtasche ist das, und wenn man ihn aufklappt, guckt man sich auf der einen Seite ganz normal in die Augen und auf der anderen Seite macht der Spiegel das Gesicht so groß, dass man nur noch die Nase sieht. Oder die Augen. Oder das Kinn.

Da wollte ich prüfen, ob mein gold-silberner Prinzessinnenspiegel auch so einer war. Darum habe ich reingeguckt. Und so ist es passiert.

Sonst gucke ich eigentlich nicht so gerne in den Spiegel. Das tut wohl keine, die so mausige, zipfelige Haare hat wie ich und so ein langweiliges Gesicht. Wenn man nicht in den Spiegel guckt, kann man vielleicht immer noch denken, dass man gerade eben schöner geworden ist, so schön wie Katja vielleicht. Die guckt natürlich immer gerne in den Spiegel.

Aber ich weiß ja nun inzwischen, was ich da zu sehen kriege, und darum kämme ich mir morgens vor der Schule die Haare einfach immer so. Dazu brauch ich keinen Spiegel, auch wenn Mama dann sagt, dass mein Scheitel zackelig ist wie eine Achterbahn und dass ich mit zehn langsam alt genug dafür bin, mich morgens ordentlich zurechtzumachen.

Aber an diesem Herbstabend in der Dämmerung habe ich doch in den Spiegel geguckt. Das musste ich ja. Weil ich doch wissen wollte, welche Seite vergrößert.

Zuerst habe ich also auf der goldenen Seite geguckt, und da war mein ganz normales, langweiliges Gesicht, genau wie in unserem Badezimmerspiegel, wenn ich in den gucke, und es war kein Fitzelchen schöner als sonst, und es war auch kein Fitzelchen vergrößert. Im Spiegel hab ich mein Gesicht gesehen und im Hintergrund das Kaninchen, das saß noch immer da und hat mich angestarrt.

Da musste dann ja die silberne Seite der Vergrößerungsspiegel sein. Wenn die goldene Seite es nicht war, musste es ja die silberne sein. Und ich hab den Spiegel umgedreht und hineingeguckt, auch wenn ich mich vergrößert noch viel weniger mag als normal.

Aber ich war nicht vergrößert. Auch auf der silbernen Seite war ich nicht größer als sonst, und mein mausiges Gesicht sah aus wie mein mausiges Gesicht, und im Hintergrund saß noch immer das Kaninchen und hat mich angestarrt.

Und trotzdem hatte ich das Gefühl, dass etwas anders war als noch gerade eben. Irgendetwas hatte sich verändert, und ich hab zuerst geguckt, ob es meine Haare waren oder meine Nase oder meine Augen. Die waren es aber alle nicht.

Und dann hab ich es plötzlich gesehen. Im Hintergrund, so grade über meiner Schulter, hab ich im Spiegel wieder das Kaninchen gesehen. Aber hinter ihm war jetzt kein Hochhaus mehr. Hinter ihm war nichts als der Himmel.

Einen kleinen Moment lang hat mein Herz fast aufgehört zu schlagen. Man sieht im Spiegel doch nur, was auch wirklich da ist! Und wo das Kaninchen saß, musste eigentlich Nummer 114 stehen, Eingang a bis g, das Hochhaus, in dem Katja wohnt.

Und jetzt war es verschwunden.

Nur grauer Abendhimmel war da, der schon so dunkel war, dass man kaum die Wolken erkennen konnte, die vorbeizogen.

Und ich hab einmal tief Luft geholt, weil man das soll, um wieder einen klaren Kopf zu kriegen, und dann hab ich noch mal genauer hingesehen. Das Hochhaus war aber noch immer verschwunden.

Darum hab ich all meinen Mut zusammengenommen und hab mich ganz langsam umgedreht.

Und da war ich also im Land-auf-der-anderen-Seite. Ich habe es bloß noch nicht gewusst.

3.

Durch den Spiegel

Vor mir saß das Kaninchen und hat mich immer noch angeguckt. Aber sonst war alles ganz anders. Das Gebüsch war natürlich noch da und die große Birke, von der Katja jedes Jahr Heuschnupfen kriegt. Das Gebüsch und die Birke und das Kaninchen. Aber sonst war nichts mehr, wie es eben noch gewesen war.

Eine Sekunde lang habe ich so eine große Panik gekriegt, dass ich dachte, gleich muss ich spucken. Hier stand ich auf einer weiten Wiese in der Abenddämmerung, und wo gerade noch unsere Hochhäuser gestanden hatten, war jetzt nichts als freies Feld, und wo sonst die Autos auf der breiten Straße durch unsere Siedlung brausten, gab es jetzt nur einen kleinen Feldweg, der war so schmal, dass auf ihm bestimmt nicht einmal Eselskarren Platz fanden. Und es war so still, dass ich meinen eigenen Atem hören konnte. Irgendwo hat laut ein Vogel gerufen.

Da hab ich mich einfach auf den Boden plumpsen lassen.

Hilfe!, hab ich gedacht.

„Mama!", hab ich gerufen. Dann hätte ich fast angefangen zu weinen.

Was war mit mir passiert? Hilfe, was war mir passiert? Was ich jetzt gerade erlebte, konnte doch gar nicht sein, und das war so schrecklich, dass ich wirklich weinen musste.
Zuerst hab ich gedacht, dass ich krank geworden bin. Es gibt so eine Krankheit, die sitzt im Kopf, da glauben Menschen plötzlich, dass sie eine alte Königin sind, die längst tot ist, oder dass gefährliche Gangster sie Tag und Nacht in der U-Bahn beschatten. Dann müssen sie zum Arzt und Tabletten nehmen, und dann werden sie hoffentlich wieder gesund.
Vielleicht dachte man bei dieser Krankheit ja auch manchmal,
 dass man ganz woanders war! Dann war ich jetzt krank, aber Mama war nicht da, um mit mir zum Arzt zu gehen, und wo ich jetzt war, gab es ja außerdem sowieso ganz bestimmt keinen Arzt.
„Mama!", hab ich geschrien. „Komm, hilf mir!"
Es ist aber niemand gekommen.
Da hab ich mich ins Gras geschmissen und meinen Kopf unter den Armen versteckt und geweint und geweint, und der Himmel über mir ist schwärzer und schwärzer geworden, und das Gebüsch war nur noch ein finsterer Schatten.
„Komm, hilf mir!", hab ich geflüstert. Ich hab ja gewusst, dass Mama mich nicht hört. Und wer mir sonst helfen konnte, hatte ich auch keine Ahnung.
Aber wie ich so dagelegen habe und dachte, dass ich niemals, niemals mehr aufstehen will, hat mich plötzlich etwas Kaltes, Feuchtes am Arm gestupst. Ich habe den Kopf trotzdem nicht gehoben. Es war doch sowieso alles egal.
Da hat es mich wieder gestupst. „Entschuldigung", hat eine Stimme gesagt. „Aber es gibt gar keinen Grund, sich so aufzuregen. Nun beruhige dich doch mal."

Und ich bin so erleichtert gewesen, dass ich es gar nicht beschreiben kann. Es war jemand gekommen, um mir zu helfen! Vielleicht konnte dieser fremde Mensch ja auch mit mir zum Arzt gehen. Wenigstens war ich jetzt nicht mehr allein.
Ich hab mich also ganz vorsichtig aufgesetzt und mich umgeguckt, aber ich konnte niemanden entdecken, weit und breit nicht. Nur das Kaninchen war immer noch da, ganz dicht neben mir jetzt, und es hat ausgesehen, als versuche es zu lächeln.
„Na also", hat das Kaninchen gesagt. „So ist es doch schon viel besser."
Da habe ich endlich geschrien. Ich habe so laut geschrien, dass das Kaninchen vor Schrecken einen Satz rückwärts gemacht hat, fast bis zum dunklen Gebüsch. Jetzt war ja klar, dass ich noch viel kränker war, als ich geglaubt hatte. Wenn ich schon Kaninchen sprechen hören konnte! Ich hab gedacht, dass ich natürlich manchmal frech zu Mama bin, und meine Hausaufgaben schreib ich auch öfter erst in der Pause von Assal ab, und wenn ich mein Zimmer aufräumen soll, kann es passieren, dass ich die Sachen nur mit dem Fuß unter das Bett schiebe: Aber so eine schlimme Strafe habe ich nicht verdient.
Das habe ich wirklich geglaubt: dass es eine Strafe ist oder eine Krankheit. Etwas anderes konnte ich mir überhaupt gar nicht vorstellen. Ich war ja so dumm damals, so dumm!
„Kann ich zurückkommen?", hat das Kaninchen vorsichtig gefragt. „Oder brüllst du dann wieder?"
„Mama!", hab ich gewimmert. „Oh, bitte, Mama!"
„Nun nimm dich aber wirklich mal ein bisschen zusammen!", hat das Kaninchen ganz streng gesagt und sich wieder neben mich gehockt. „So verlieren wir nur Zeit."

„Mama", hab ich geflüstert. Mit dem Kaninchen wollte ich nicht reden. Es konnte ja sowieso nicht wirklich sprechen.
„Jetzt pass einfach mal auf", hat das Kaninchen gesagt, wie meine Lehrerin es manchmal tut, wenn ich Mathe nicht verstanden habe und sie zu mir an den Tisch kommt, um mir alles noch mal ganz in Ruhe zu erklären. „Du musst gar keine Angst haben. Da liegt doch der Spiegel."
Ich hab keine Ahnung gehabt, warum mich das trösten sollte, aber trotzdem hab ich mich schon ein bisschen besser gefühlt. Das tut man ja immer, wenn jemand freundlich mit einem redet.

„Nun nimm ihn dir doch!", hat das Kaninchen gesagt. „Du kannst jederzeit zurück!"
Da hab ich zum ersten Mal richtig zugehört, und ich habe gedacht, natürlich können Kaninchen nicht sprechen und natürlich kann sowieso nicht sein, was mir gerade passiert, aber bevor ich hier nur rumliege und weine und verzweifelt bin, kann ich es ja genauso gut ausprobieren.
Ich hab mich also hingesetzt und hab nach dem Spiegel gesucht. Zum Glück war er nicht kaputtgegangen, als er mir in meinem Schrecken runtergefallen war. Da konnte ich also rein- gucken, wie eben. Und da war ich wieder in der Siedlung.
Ich war wieder zu Hause! Kann sich irgendwer vorstellen, dass man so glücklich sein kann, wenn man vier alte Hochhäuser sieht und eine Straße voller staubiger Autos? Und wenn man hört, wie die Jungs auf dem Bolzplatz sich etwas zubrüllen und die Mütter ihre kleinen Kinder drängeln, sich zu beeilen, weil es jetzt Abend wird und sie müssen ins Bett?
Das war ich aber, ich war so glücklich und so erleichtert, dass

ich gedacht habe, nie mehr, niemals mehr in meinem ganzen Leben will ich mich wegwünschen von zu Hause oder mich beschweren, dass es langweilig ist bei uns und so laut, und ich will niemals mehr jammern, wenn die anderen in den Ferien verreisen, an die Ostsee oder sogar nach Mallorca, und wir bleiben immer nur hier. Ich hatte ja gar nicht gewusst, wie schön es ist, einfach nur zu Hause zu sein.
„Yippiiiieh!", hab ich geschrien und bin aufgesprungen. An der Ampel hat noch immer derselbe blaue Laster gewartet wie eben, und ich hab gedacht, dass ich wahrscheinlich nur eine Sekunde lang weggetreten war. So was Ähnliches wie ohnmächtig. Schließlich hatte ich ja auch auf dem Boden gelegen.
„Na, besser?", hat da eine bekannte Stimme neben mir gesagt. „Du darfst dich nicht immer gleich so aufregen, sonst wird es noch schwierig. Ein kühler Kopf, das ist es, was du jetzt brauchst."
„Hilfe!", hab ich geschrien.
Natürlich war ich wieder zu Hause in der Siedlung, und an der Ampel fuhr der blaue Laster gerade an. Aber das Kaninchen war immer noch da, und immer noch hörte ich es sprechen.
„Kühlen Kopf bewahren, hab ich doch gesagt!", hat das Kaninchen gezischt und sich ängstlich umgeguckt, ob auch niemand es hören konnte. „Du meine Güte, das kann ja heiter werden!"
Ich hab das Kaninchen angestarrt und einmal bis zehn gezählt.
„Glaub nicht, dass du mich reinlegen kannst", hab ich gesagt. Ich habe gedacht, jetzt geh ich einfach nach Hause, der Supermarkt muss eben mal ausfallen. Dann frag ich Mama, ob sie das Kaninchen auch sieht. Und ob sie es sprechen hört.

„Wer will denn hier jemanden reinlegen!“, hat das Kaninchen wieder geflüstert. „Begreifst du nicht endlich! Der Spiegel!“
Und weil ich doch nun wieder bei uns auf dem Rasen war und irgendwie geglaubt hab, ich bin in Sicherheit, hab ich vorsichtig ein bisschen zum Spiegel hingeluschert. Falsch machen konnte ich damit ja nichts.
Die goldenen Äste umrankten noch immer das Spiegelglas, und als ich hineingeguckt habe, habe ich mich gesehen und das Kaninchen. Und dahinter standen die Häuser, und an der Ampel haben die Autos schon wieder gehalten. Diesmal war vorne ein großer grüner Volvo.

„Na?“, hat das Kaninchen gesagt.
Da musste ich beinahe lachen. Natürlich war die Sache mit dem Kaninchen äußerst sonderbar, aber sonst war wirklich alles ganz normal.
„Was, na?“, hab ich gefragt. „Nichts ist, das siehst du doch selber!“
Das Kaninchen hat geseufzt, genau wie ein Mensch. „Die andere Seite!“, hat es gesagt. „Ja, wie begriffsstutzig kann man denn sein!“
Da hab ich den Spiegel wieder umgedreht, und in der Dämmerung war der Unterschied zwischen Gold und Silber kaum noch zu erkennen.
Aber ich musste mich noch nicht einmal umgucken, um zu wissen, dass ich wieder zurück auf der Wiese war. Ich hab den Vogel rufen hören in einer großen Stille.
„Nein!“, hab ich geflüstert und ganz schnell einen Blick dahin geworfen, wo eigentlich die Hochhäuser sein sollten. Nach Mama habe ich nicht mehr gerufen. Ich habe ja geahnt, dass ich zurückkonnte.

„Na?", hat das Kaninchen triumphierend gesagt, aber ich habe ihm nicht mal geantwortet. Ich habe den Spiegel zurückgedreht auf die goldene Seite und die Autos gehört und die Jungs auf dem Bolzplatz.
„Wow!", hab ich geflüstert.
Das Kaninchen hat gelächelt. Wirklich wahr.
„Ja!", hat es erleichtert gesagt.
Da hab ich mich noch mal getraut, und wieder hat der Vogel gerufen in der Dämmerung, und wieder war nur Himmel, wo die Häuser sein sollten, und weit, weit am Horizont haben ein paar goldene Lichter geblinkt wie erleuchtete Fenster in einem Dorf.

Das Kaninchen saß wieder neben mir.
„Jetzt hast du endlich verstanden!", hat es gesagt.
Ich hab beschlossen, dass ich nicht weiter nachgrübeln will, wieso das Kaninchen spricht. Wenn man sich mit einem Spiegel hin- und herzaubern kann, gibt es eigentlich auch keinen Grund, warum ein Kaninchen nicht reden sollte. Ich konnte ja mit Mama darüber sprechen, nach dem Einkaufen.
„Und das funktioniert immer?", hab ich gefragt, und schon beim Sprechen hab ich wieder den Spiegel gedreht. An der Ampel ist gerade der Volvo angefahren. „Immer hin und her?" Und der Vogel hat geschrien, und der Himmel war finster und voller Wolken, und ich habe den Spiegel gedreht und gedreht.
„Immer", hat das Kaninchen gesagt. „Du siehst ja."
Es war so aufregend und ein bisschen ein Gefühl wie in einem Karussell, wenn man zur Seite aus der Gondel guckt und sieht die Welt vorbeiflitzen; immer noch mal.
„Mein lieber Scholli, du!", hab ich gesagt.

Aber dann ist mir unser Abendbrot eingefallen und dass der Supermarkt gleich schließt. Da hab ich aufgehört mit dem Spiel.

„Und jetzt muss ich einkaufen", hab ich gesagt. Ich hab überlegt, ob das Kaninchen wohl mitkommen und mich in der Gemüseabteilung um Karotten anbetteln würde.

Aber es hat sich überhaupt nicht für unseren Supermarkt interessiert.

„Das solltest du nicht tun", hat es gesagt. „Einkaufen. Du hast noch viel zu erledigen."

Das fand ich ja vielleicht frech! Als ob so ein hergelaufenes Kaninchen mir einfach sagen kann, was ich zu machen habe! Nur weil es sprechen kann. Da hat Mama wohl mehr zu bestimmen.

„Meine Mutter braucht Schwarzbrot!", hab ich gezischt. „Die wird sauer, wenn ich immer so trödele."

„Trödeln sollst du auch nicht", hat das Kaninchen eindringlich gesagt. „Du kommst immer zur selben Zeit wieder zurück. Das Land-auf-der-anderen-Seite verbraucht keine Zeit."

„Es verbraucht keine Zeit?", hab ich gefragt, und dann ist mir eingefallen, dass ja wirklich immer noch alles genauso gewesen war wie vorher, wenn ich mit dem Spiegel in die Siedlung zurückgekommen war: Der blaue Laster hatte noch genauso an der Ampel gestanden und auch der grüne Volvo. „Soll das heißen, man kommt in dem Augenblick wieder zurück, in dem man vorher durch den Spiegel gegangen ist?"

„In derselben Sekunde", hat das Kaninchen gesagt und ernsthaft genickt. Ich finde, es sieht komisch aus, wenn Kaninchen nicken. Das finde ich jetzt immer noch, nach all dieser Zeit. An manche Sachen gewöhnt man sich nicht.

„In derselben Sekunde!", hab ich geflüstert, und allmählich hab ich begriffen, was das bedeutete.
Ich konnte auf die andere Seite gehen und mir alles angucken, ganz in Ruhe und so oft und so lange ich Lust hatte. Und wenn ich zurückkam, wäre die Zeit für mich stehen geblieben.
„Das ist ja krass!", hab ich gesagt. Weil das doch bedeutete, dass ich jetzt Urlaub machen konnte, so viel ich wollte. Mitten in der Mathestunde konnte ich einfach den Spiegel umdrehen und mich auf die Wiese legen und den Vogel schreien hören und mich erst mal ein bisschen erholen. Und vielleicht gab es da irgendwo ja sogar Leute, die was von Mathe verstanden. Die konnten mir dann meine Aufgaben erklären, und wenn ich den Spiegel wieder zurückdrehte, musste ich die Lösung einfach nur in mein Heft schreiben. Wenn ich Lust dazu hatte.
Vielleicht wollte ich drüben ja auch einfach nur verschnaufen.
Aber bei einer Klassenarbeit wäre das doch praktisch.
Oder im Sommer, wenn wir wieder nicht verreisen konnten! Dann würde ich einfach den Spiegel umdrehen und erst mal drei Wochen wegbleiben. Vielleicht war dieses Land-auf-der-anderen-Seite ja bei Sonne ganz schön! Vielleicht gab es da Seen und Wälder oder sogar so ein Meer wie in Katjas Mallorca. Und alles ganz ohne Geld!
Ich wurde wirklich richtig aufgeregt. So dumm war ich damals.
„Das ist ja das Geilste!", hab ich gerufen.
Das Kaninchen hat mich nur angestarrt. „Also?", hat es gesagt.
Und ich hab gedacht, dass ich dann ja wirklich noch mal schnell auf die andere Seite könnte, bevor ich zum Supermarkt ging. Einfach, um mal zu gucken, wie es da war. Man wäre ja blöde, wenn man das nicht ausnutzen würde.

Ich hab geguckt, was für ein Auto vorne an der Ampel stand, damit ich hinterher vergleichen konnte, und es war ein alter, grauer Kastenwagen. Dann hab ich den Spiegel gedreht.
Ich wollte gar nicht mutig sein. Es ist alles einfach so gekommen.

4.

Das Land-auf-der-anderen-Seite

In der Birke saß der große Vogel, ganz still jetzt, und hat mich angestarrt. Vielleicht war er zufrieden, dass ich gekommen war.

„Hallo, Vogel!", hab ich gesagt. Wenn das Kaninchen sprechen konnte, war es doch möglich, dass auch der Vogel mir antworten würde. Er ist aber stumm geblieben.
Im letzten Abendlicht hab ich am Horizont wieder das Dorf gesehen, und die Lichter haben so heimelig geleuchtet, dass ich gedacht habe, da will ich hin. In meiner Jackentasche hab ich den Spiegel gefühlt, darum hatte ich auch keine Angst. Jedenfalls keine große.
„Was ist jetzt?", hat das Kaninchen gefragt und ungeduldig mit der rechten Vorderpfote auf den Boden getippt. „Willst du hier Wurzeln schlagen?"
Ich fand seinen Ton immer noch ziemlich frech, aber ich wollte ja sowieso gerade gehen.
„Du hast mir gar nichts zu sagen!", hab ich gesagt. Dann hab ich mich auf den Weg gemacht.
Und wirklich, das Land-auf-der-anderen-Seite war genauso,

wie man es sich vorstellt, wenn man hört, dass man durch einen Spiegel reisen muss. Es gab keine Hochhäuser und keine Autos und keine großen Straßen und keine ausgespuckten Kaugummis auf dem Weg. Jedenfalls nicht da, wo ich grade war.

Ein schmaler Sandweg schlängelte sich durch eine hügelige Landschaft, und auf den Weiden am Wegrand stand das Vieh in der Dämmerung, Kühe mit ihren Kälbern und Schafe mit kleinen Lämmern. Sogar Pferde grasten auf einer Koppel, und an ihrem Ende zog am Waldrand ruhig ein Rudel Rehe vorbei.

„Wow!", hab ich wieder gesagt und mit der Hand in der Tasche nach dem Spiegel gegriffen. „Glaubst du, die sind alle echt?"

„Alles ist echt", hat das Kaninchen gesagt. Es wirkte schon ziemlich ungeduldig. „Aber du solltest entschieden schneller gehen, wenn du noch vor der Dunkelheit ankommen willst."

Ich hab mich natürlich geärgert, dass es schon wieder mit mir geredet hat, als ob es bestimmen darf; aber ich hab trotzdem gewusst, dass es Recht hatte. Die Tiere waren nur noch graue Schatten und manche hatten sich schon hingelegt. Wenn ich zu sehr trödelte, würden vielleicht auch im Dorf die Menschen alle in ihren Betten sein.

Ich bin also nicht direkt gerannt, ich hatte ja auch immer noch meinen blöden Einkaufskorb und die Geldbörse zu tragen, das war unpraktisch; aber schneller gegangen bin ich doch, und allmählich kamen die Häuser näher, und ich war überhaupt nicht überrascht, dass auch sie genauso aussahen, wie Häuser aussehen müssen in einem Land hinter dem Spiegel: klein und strohgedeckt und irgendwie wie in einem japanischen Zeichentrickfilm. Und in den Fenstern haben Lichter geleuchtet, ein

bisschen flackerig, dass man wusste: Das müssen Kerzen sein. Elektrisches Licht flackert ja nicht so.
Da wollte ich unbedingt, unbedingt wissen, wie die Häuser von innen aussahen und die Menschen, die in ihnen lebten, und ich habe mir vorgestellt, dass ein freundlicher kleiner Mann mir mit einer Kerze vorausgeht und mich in ein gemütliches, winziges Schlafzimmer führt mit einem altmodischen Bett, auf dem eine riesendicke Decke liegt, aus der beim Schütteln Federn schweben; oder dass so eine Art Alm-Öhi mir mein Lager auf dem Heuboden zeigt, wie bei Heidi. Und wenn es nicht so war und wenn es mir nicht gefiel, dann konnte ich ja immer noch meinen Spiegel aus der Tasche ziehen und wieder verschwinden.
„Beeil dich!", hat das Kaninchen gesagt. „Sie gehen schon ins Bett!"
Da hab ich selber gesehen, dass in den Häusern die ersten Lichter gelöscht wurden; aber ich war schließlich kein Kaninchen, und schneller als schnell konnte ich nicht gehen.
„Du kannst mich ja tragen!", hab ich gesagt. Wenn dies hier ein echter Zeichentrick war, wäre das doch überhaupt kein Problem. Schließlich konnte das Tier ja auch sprechen.
Aber so einfach war es leider doch nicht.
„Ich bin ein Kaninchen!", hat das Kaninchen böse gesagt. „Kein Lastesel. Und auch kein Pferd." Und es ist ganz empört vorausgehoppelt und hat sich ab und zu umgedreht, um zu gucken, ob ich auch komme.
Das war natürlich schade, aber ich hab gedacht, dass man nicht alles auf einmal haben kann. Vielleicht konnte ich morgen ja reiten. Die Koppeln standen schließlich voll, und Pferde finde ich auch so fürchterlich gut.

Als wir zu den Häusern am Dorfrand gekommen sind, waren ihre Lichter längst erloschen. Aber hoch am Himmel stand der Mond, und es war ein riesiger Mond, rötlich und rund und so hell, dass ich jeden Stein erkennen konnte auf dem Weg und jeden Grashalm hinter den Zäunen.
„Was für ein schöner Mond!", hab ich geflüstert, aber das Kaninchen war immer noch in Eile.
„Gleich Mitternacht!", hat es geflüstert. „Wenn der Wirt schon im Bett ist, wird es schwierig, eine Unterkunft zu finden!"
Da hab ich begriffen, dass das Kaninchen die ganze Zeit schon genau wusste, wo es mich hinführen wollte, und einen Augenblick hab ich überlegt, ob ich sagen sollte, nee, pööõh, das will ich ja gar nicht. Jetzt geh ich zurück nach Hause und kaufe Mamas Schwarzbrot. Hetzen lass ich mich nicht.
„Na, Gott sei Dank!", hat da das Kaninchen gerufen. „Im Gasthaus brennt noch Licht!"
Da hab ich es auch gesehen. Gleich vor uns, am Rande des Dorfplatzes, stand ein altes, altes Haus, und sein Strohdach war tief heruntergezogen, und an seinen Mauern rankte wilder Wein, und über der Tür schwang im Nachtwind sanft ein Schild, darauf war ein Mond in einem Himmel voller Sterne. Die kleinen Fenster waren noch hell; aber gerade jetzt erloschen die Lichter, als ob drinnen jemand die Kerzen ausblies.
„Mach, mach!", hat das Kaninchen gesagt. „Der Wirt geht ins Bett!"
Da hab ich an die Tür geklopft.
Aber wenn ich vielleicht erwartet hatte, dass sie sich jetzt öffnen würde zu einer freundlichen Begrüßung, dann wurde ich enttäuscht. Die Fenstern blieben dunkel, und niemand kam, um zu fragen, wieso denn ein Mädchen, das gerade mal zehn Jahre

alt war und nicht mal sehr groß für sein Alter, um diese Zeit noch draußen rumlief. Das hätte sich ja eigentlich so gehört.
„Versuch es noch mal!", hat das Kaninchen gezischt und mit seiner Pfote gegen die Tür getappt. Das war natürlich nicht besonders laut.
„Hallo, ist da jemand?", hab ich gerufen und ein bisschen an der Klinke gerüttelt. „Hallo, ich bin das, Anna!"
Aber im Haus blieb es still. Wenn ich nicht gerade eben noch die Lichter gesehen hätte, hätte ich geglaubt, dass dort längst alle schliefen. Nur wusste ich ja, dass das nicht stimmte.
Im Haus blieb es still und dunkel, und plötzlich hab ich begriffen, dass sie sich da drinnen versteckten. Vor mir.
„Kaninchen?", hab ich geflüstert. „Wovor haben die Angst?"
Und ich hab in meine Tasche gegriffen und den Spiegel gefühlt und gedacht, dann gehe ich eben zurück. Wenn sie mich hier nicht haben wollen zwischen all ihren putzigen Häusern und wenn ich hier kein Bett kriegen kann, um in Ruhe zu schlafen, dann dreh ich mich durch den Spiegel nach Hause.
Sowieso war ich mir gar nicht sicher, ob ich in diesem fremden Haus schlafen wollte. Und auch noch ganz allein. Zu Hause übernachte ich natürlich manchmal bei Katja und Katja übernachtet bei mir, und dann machen wir immer viel Quatsch. Aber in einem Hotel war ich noch nie, noch nicht mal mit Mama. Wenn ich in der Tasche nicht den Spiegel gespürt hätte, hätte ich mich ganz bestimmt nicht getraut. Aber ich konnte ja jederzeit zurück. Da hatte ich fast keine Angst.
Das Kaninchen ist immer ungeduldiger geworden.
„Herr Wirt?", hat es gerufen und wieder mit seiner kleinen leisen Pfote gegen die Tür getappt. „Nun sei doch nicht dumm! Es ist ein Kind! Und es kommt von Westen, bei Vollmond!"

Wahrscheinlich hatte jemand hinter der Tür gestanden und gelauscht, jedenfalls habe ich plötzlich so ein Rascheln gehört. „Bei Vollmond!", hat das Kaninchen gebrüllt. „Und von Westen!"
Da ist die Tür einen Spalt weit aufgegangen.
„Von Westen?", hat eine Stimme unruhig gefragt. Oder sogar ängstlich. Obwohl es eine Männerstimme war.
„Wenn ihr Posten aufgestellt hättet, hättet ihr es selber gesehen!", hat das Kaninchen gesagt. „Unverantwortlicher Leichtsinn!"

„Nach Westen hin stellen wir niemals Posten auf", hat die Stimme geantwortet. „Von Westen droht keine Gefahr", und dann ist die Tür noch einen winzigen Spalt weiter aufgegangen.
„Na, das ist ja wunderbar!", hat das Kaninchen gesagt. „Und wie wollt ihr dann erkennen, wann die Prophezeiung sich erfüllt?"
Im Haus hat es geseufzt. „Wirklich von Westen?", hat die Stimme gesagt, und dann war die Tür plötzlich so weit geöffnet, dass man hineinsehen konnte. Und hineingehen. „Aber Vollmond ist heute natürlich."
„Geh rein!", hat das Kaninchen gezischt, und: „Natürlich ist Vollmond!", hat es zu dem kleinen, dicken Mann gesagt, der jetzt seine Kerze in der letzten Glut des Kaminfeuers wieder angezündet hat. „Das werdet ihr ja wohl auch noch ohne Posten erkennen!"
Irgendwo über mir hat wieder der Vogel gerufen, aber ich habe nicht hochgeguckt. Ich habe ganz fest meinen Spiegel umklammert, und als ich in die Wirtsstube getreten bin, ist mir plötzlich eingefallen, dass ich ja gar kein Geld für eine

Übernachtung hatte. Mein Einkaufsgeld wollte ich nicht so gerne nehmen. Ich war mir nicht sicher, ob Mama das gut finden würde.
„Ja, kommt herein", hat der Wirt gesagt. „Wenn ihr von Westen kommt."
Und ich habe mich nicht gefragt, warum das wichtig war und was er gegen Leute haben konnte, die von Osten kamen oder von Norden oder Süden. Ich habe mich gar nichts gefragt, weil sowieso alles so sonderbar war und so fremd und so ungewohnt. Ich habe einfach getan, was sie mir gesagt haben.
Ich war ja auch neugierig. So dumm war ich damals.

5.

Willkommen im Wirtshaus

Dass die Wirtsstube aussah wie im Märchen, muss ich ja gar nicht mehr erzählen. Wie im Computerspiel oder im Zeichentrick mit ihren gescheuerten Holztischen und den Bänken davor ohne Lehne und mit den Kerzen überall, die der Wirt jetzt eine nach der anderen wieder anzündete. Es war genau so eine Wirtsstube, wie man sie sich vorstellt, wenn man an alte Zeiten denkt, mit einem großen Kamin und kleinen Fenstern, und mit einem Bord voller schwerer, grauer Krüge.

„Ja, es ist Vollmond", hat der Wirt gesagt, nachdem auch die Flammen im Kamin wieder züngelten. „Ja, es ist Vollmond, und es mag sein, dass du von Westen kommst. Also sei mir willkommen", und er hat mir zögernd seine Hand hingestreckt. „Aber du wirst verstehen – ich hatte jemand anderen erwartet."

Ich hab gedacht, dass es doch ein bisschen blöde von ihm war, alle Lichter auszumachen, wenn er jemanden erwartet hat, ganz egal, wer das war.

„Die Prophezeiung sagt ..."

„Von Westen!", hat das Kaninchen gerufen. „Bei Vollmond!" Und ich hab überlegt, was eine Prophezeiung überhaupt genau ist. So schwierige Wörter muss man ja nicht kennen, wenn man erst zehn ist, und ich habe gedacht, dass ich das Kaninchen später danach fragen wollte. Aber nicht jetzt. Der Wirt sollte schließlich nicht denken, dass ich dumm bin.
Jetzt gerade hat er mich gemustert, von oben bis unten.
„Und wer garantiert mir, dass ihr die Wahrheit sagt?", hat er unruhig gefragt. „Wer sagt mir, dass ihr nicht ..."
„Wirt!", hat das Kaninchen gerufen. „Sie ist ein Kind! Welche Gefahr könnte wohl von ihr ausgehen! Sieh sie doch an!"
Aber das hatte der Wirt ja sowieso gerade getan.
„Eine Spionin könnte sie sein", hat er gesagt. „Wer weiß? Er ist schlau. Er weiß, dass einem Kind niemand misstraut."
„Na, du misstraust ihr aber doch!", hat das Kaninchen gesagt, und ich habe gedacht, dass ich wirklich kein einziges Wort verstehe von dem, was sie reden, und dass es mich noch nicht mal so besonders interessiert, weil ich müde bin, und wenn ich hier nicht gleich ein Bett kriege, geh ich nach Hause.
Darum hab ich den Spiegel aus der Tasche gezogen, nur darum, und das Feuer im Kamin hat auf einmal zischend Funken gesprüht, dass der Raum für einen Augenblick ganz hell erleuchtet war.
Der Wirt hat sich die Hand vor den Mund geschlagen.
„Der Spiegel!", hat er geflüstert und auf meine Hand gezeigt.
Da bin ich doch noch ein bisschen geblieben.
„Der Spiegel, genau!", hat das Kaninchen gesagt. „Ist dir das nun Beweis genug?"
Da hat der Wirt eine kleine Verbeugung gemacht.
„Jetzt sei mir doppelt willkommen", hat er gesagt und sich

noch einmal tiefer verneigt. „Der-durch-den-Spiegel-kommt! Wie konnte ich ahnen, dass es ein Kind sein würde, ein Mädchen! Verzeih mir, dass ich nicht gleich ..."
„Ach, schon alles okay", hab ich gesagt. Ich finde es immer so peinlich, wenn Erwachsene rumstottern. Die brauchen sich bei mir gar nicht so lange zu entschuldigen.
„Der-durch-den-Spiegel-kommt!", hat der Wirt wieder geflüstert, und ich hab gesehen, dass er jetzt richtig aufgeregt war. „Der-durch-den-Spiegel-kommt!"
Nun kann ich ja verstehen, dass man es aufregend findet, wenn jemand durch einen Spiegel zu einem gekommen ist, die normale Art zu reisen ist das schließlich nicht. Aber so doll musste er mich deswegen trotzdem nicht anstarren.
„Ja, ich find's ja selber komisch", hab ich gesagt. Ich hab nicht gesagt, dass es eigentlich Die-durch-den-Spiegel-kommt heißen müsste. Schließlich bin ich ein Mädchen. Ich hab gedacht, dann entschuldigt er sich nur wieder stundenlang, und eigentlich wollte ich jetzt lieber ins Bett. „Das Kaninchen hat gesagt, dass ich hier vielleicht schlafen kann."
Der Wirt hat genickt und gelächelt und mir gewinkt, ihm zu folgen.
„Wie lange wir gewartet haben!", hat er dabei gemurmelt, und ich habe gehofft, dass Mama das nachher nicht auch sagt, wenn ich mit meinem Einkaufskorb erst so spät nach Hause komme. Aber das Land-auf-der-anderen-Seite verbraucht ja keine Zeit.
„Wie lange habe ich schon keinen Gast mehr beherbergt! Dein Zimmer ist bereit!" Und er hat eine Tür aufgemacht, und natürlich hat das Zimmer ausgesehen, wie ich es mir vorgestellt hatte.
„Das Bett ist aufgeschüttelt!", hat der Wirt gesagt und auf eine

riesendicke Decke gezeigt. „Jeden Abend habe ich das Bett aufgeschüttelt, seit ..."
„Das kannst du ja morgen alles erzählen", hat das Kaninchen unhöflich gesagt. „Du siehst doch, dass sie todmüde ist. Nun lass sie erst mal richtig schlafen. Für alles andere ist morgen noch Zeit."
Der Wirt hat in der Tür gestanden und gelächelt.
„Nun haben wir so lange gewartet", hat er gesagt und mich angesehen, wie das sonst nur Oma tut, wenn ich ihr etwas Schönes zum Geburtstag gebastelt habe, „nun können wir auch eine weitere Nacht warten. Schlaf gut, mein Kind. Schlaf gut, Der-durch-den-Spiegel-kommt, und danke, dass du gekommen bist." Dann hat er die Tür leise hinter sich zugezogen.
Ich war so müde von der langen Wanderung, dass ich mich nur ein winziges bisschen gewundert habe. Das Bett sah so weich und so altmodisch und so kuschelig aus, und auf dem Fell davor auf dem Boden hatte sich schon das Kaninchen ausgestreckt.
„Gute Nacht!", hab ich gemurmelt und die Decke über mich gezogen. „Das ist ja wirklich komisch hier", und ich habe das Leinen kühl auf meiner Haut gespürt.
Aber bevor ich eingeschlafen bin, habe ich noch einmal kurz in den Spiegel geguckt. Zur Kontrolle. Schließlich wollte ich ja morgen wieder nach Hause.
Der graue Kastenwagen hat noch immer an der Ampel gestanden, und bevor ich eingeschlafen bin, habe ich den Spiegel ganz vorsichtig auf den Nachttisch gelegt. Nur eine Nacht wollte ich bleiben im Land-auf-der-anderen-Seite.
So hatte ich es mir gedacht.

6.

Der erste Morgen

Ich bin aufgewacht, weil die Sonne durch die Vorhänge schien.
Von draußen drangen freundliche kleine Geräusche in mein Zimmer, die überhaupt nicht so klangen wie zu Hause: kein Motorengebrumm und kein Bremsenquietschen und auch nicht das Geräusch der großen Bagger, die bei uns schon seit einem halben Jahr eine Grube für die neue U-Bahn buddeln.
Stattdessen habe ich Lachen gehört und Gänsegeschnatter; Lämmchen haben geblökt, ganz hoch und hell, und Wagenräder sind über die Dorfstraße gerattert.
„Oh, wow!", hab ich gesagt. Ich musste überhaupt keine Sekunde überlegen, wo ich war.
Am Boden lag noch immer das Kaninchen und sah ein kleines bisschen mürrisch aus.
„Endlich!", hat es gesagt. „Endlich aufgewacht. Du scheinst für alles länger zu brauchen als andere Leute."
Aber ich hatte keine Lust, mich zu ärgern. Ich hab mir die Haare mit den Fingern gekämmt und aus einem Krug Wasser in die Waschschüssel gegossen, die auf einem Schemel stand.

Dann hab ich mir Gesicht und Hände gewaschen. Eine Dusche gab es ja nicht.

„Du wirst längst erwartet", hat das Kaninchen wieder ungeduldig gesagt. „Aber ich wollte dich nicht wecken. Du wirst all deine Kräfte brauchen, und wer weiß, wann du das nächste Mal in einem Bett schlafen wirst."

Am liebsten hätte ich ihm einen Vogel gezeigt, weil ja längst klar war, dass ich an diesem Abend wieder in einem Bett schlafen würde, und zwar in meinem eigenen Hochbett mit den blau gestreiften Vorhängen. Nach dem Einkaufen. Aber dann hab ich nur den Spiegel in die Hosentasche gesteckt und bin die Treppe nach unten gegangen.

In der Wirtsstube gab es einen richtigen Menschenauflauf. Die Morgensonne fiel durch die kleinen Fenster auf die blitzblank gescheuerten Tische, aber niemand saß auf den Bänken davor. Sie drängten sich alle an der Tür, Männer, Frauen und Kinder, und sahen mir entgegen.

„Guten Morgen", hab ich höflich gesagt. Ich hab gesucht, ob ich den Wirt entdecken konnte, weil ich mich doch bei ihm bedanken wollte für die kostenlose Übernachtung. Aber wahrscheinlich fand hier gerade eine Versammlung statt und er hatte anderes zu tun.

„Guten Morgen!", haben die Leute geantwortet und mir freundlich zugenickt. „Guten Morgen, guten Morgen!" Dann sind sie einfach stehen geblieben und haben mich angeguckt. Für Erwachsene fand ich ihr Verhalten ein kleines bisschen kindlich, aber in dieser Zeichentrickwelt hat mich das auch nicht gewundert. Und bevor ich noch darüber nachdenken konnte, warum sie sich wohl so früh am Morgen hier versammelt hatten, ist auch schon der Wirt gekommen mit einem

dampfenden Krug und einem Teller mit Brot.
„Guten Morgen, Der-durch-den-Spiegel-kommt!", hat er gesagt. „Hier ist dein Frühstück. Wir hoffen, du hattest eine erfrischende Nacht?"
Ich hab gesagt, dass sie sehr erfrischend war, vielen Dank.
„Deine Ankunft hat sich herumgesprochen", hat der Wirt gesagt und auf die Leute an der Tür gezeigt. „Und alle sind gekommen, um dich zu begrüßen."
„Oh!", hab ich gesagt und versucht, mich ein bisschen hinter dem Tisch zu verkriechen. Es ist ja ziemlich peinlich, wenn man so angestarrt wird, und ich habe auch gedacht, dass in diesem Dorf wirklich nicht so furchtbar viel los sein konnte, wenn es schon meinetwegen einen solchen Menschenauflauf gab. Zu Hause würden sich die Leute jedenfalls nicht versammeln, um mir beim Frühstück zuzugucken. Da steht bestimmt keiner früher auf, um mich zu sehen.
„Sie alle wünschen dir Glück", hat der Wirt gesagt, und die Leute haben gemurmelt und gelächelt und auf mich gezeigt. „Sie alle sind so froh, dass du gekommen bist."
„Ja, danke schön", hab ich höflich gesagt, aber dann hab ich den Teller und meinen Becher schnell zur Seite geschoben. Ich finde es schwierig zu essen, wenn einem dabei so viele Leute zusehen. „Ich wollte mir jetzt eigentlich mal die Gegend angucken."
Der Wirt hat genickt und den Tisch zur Seite geschoben. „Natürlich, natürlich", hat er gesagt. „Natürlich, das wird wohl das Erste sein", und er hat den Leuten an der Tür ein Zeichen gegeben, damit sie eine Gasse machen sollten, durch die ich nach draußen gehen konnte.
Ich bin mir ein bisschen vorgekommen wie ein Popstar, wirk-

lich, wie alle für mich Platz gemacht haben, und ich war ganz überrascht, dass es eigentlich gar kein so tolles Gefühl war. Das Kaninchen war die ganze Zeit hinter mir.
„Na, danke!", hat es gesagt, als wir draußen waren. „Das hast du schon mal verpatzt."
Aber ich hatte überhaupt nicht mehr vor, auf sein Gerede zu hören, darum hab ich ihm auch nicht geantwortet. Jetzt wollte ich mir alles in Ruhe angucken, vor allem die Pferde, und danach wollte ich nach Hause und endlich einkaufen gehen.
Vor dem Dorf liefen auf den Weiden die Lämmchen in der Sonne herum, und die kleinen Ziegen haben sich gejagt und sind so fröhlich mit allen vier Beinen gleichzeitig in die Luft gesprungen, als ob sie mir Kunststücke vorführen wollten. Ich habe ihnen einen Augenblick zugesehen, aber wenn man niemanden hat, mit dem man darüber lachen kann, macht es nicht ganz so viel Spaß.
Darum bin ich zu den Pferdekoppeln gegangen, und da haben die Stuten mit ihren Fohlen gestanden und ihre Köpfe zu mir hingedreht. Und als ich Löwenzahn gepflückt und ihnen hingehalten habe, sind sie ganz langsam zum Zaun gekommen und haben mir ihre weichen Mäuler entgegengestreckt.
„Guck mal, Kaninchen!", hab ich gerufen. „Die sind ja ganz zahm! Die fressen mir aus der Hand!"
„Na und?", hat das Kaninchen gesagt. „Das tun Pferde immer."
Aber bei uns in der Siedlung tun sie das eben nicht, weil es da ja natürlich gar keine gibt, und darum habe ich es ausgenutzt und Löwenzahn gepflückt und durch den Zaun gehalten, und die Pferde haben ihn mir mit ihren großen weichen Lippen ganz vorsichtig aus der Hand gezupft. Dabei hab ich ihnen über die Nase gestreichelt.

„Glaubst du, ich dürfte mal reiten?", hab ich gefragt.
Das Kaninchen hat nicht geantwortet, und darum hab ich mich umgedreht, um nach ihm zu gucken. Und da standen hinter mir schon wieder die Leute aus dem Gasthof, vielleicht sogar noch ein paar mehr, und lächelten mir zu.
Sie waren mir bis zur Koppel nachgekommen! Es hatte ihnen nicht ausgereicht, mir in der Gaststube Guten Morgen zu sagen, sie mussten mir wirklich überallhin nachschleichen. Natürlich hatten sie hier kein Fernsehen oder andere Sachen, die man machen kann, wenn einem langweilig ist; aber so eine Sehenswürdigkeit war ich schließlich auch nicht. Dann hätten sie wenigstens Eintritt zahlen können.
„Nee, danke, Kaninchen", hab ich gesagt. Kein Mensch kann ja in Ruhe Pferde füttern, wenn mindestens zwanzig Erwachsene daneben stehen und so begeistert zugucken, als wäre es das Endspiel der Fußballweltmeisterschaft. „Ich geh wieder nach Hause", und ich hab den Spiegel aus der Tasche gezogen. Vielleicht würde ich wirklich mal wiederkommen, konnte schon sein, obwohl ich eigentlich keine große Hoffnung mehr hatte, dass mir hier jemand mit meinen Matheaufgaben helfen würde. Aber wenn ich Lust hatte, Pferde zu streicheln, vielleicht.
„Ciao, ich geh jetzt."
„Nein, halt!", hat das Kaninchen gerufen. Seine Stimme hat regelrecht panisch geklungen.
Die Leute haben mich angestarrt, und alle haben sie genauso erschrocken ausgesehen wie das Kaninchen.
In einer Birke neben der Koppel hat wieder der Vogel gerufen.
„Keine Chance!", hab ich fest gesagt. Nur weil sie hier nichts

mit sich anzufangen wussten, musste ich mich doch nicht rund um die Uhr anstarren lassen! Aber ich bin nicht dazu gekommen, in den Spiegel zu gucken.
„Und dein Korb?", hat das Kaninchen aufgeregt gesagt. „Mit all dem Geld? Wie willst du ohne den einkaufen?"
Ich hab mir gegen die Stirn geschlagen. Der Korb stand noch in meinem Zimmer im Gasthof, und natürlich hatte das Kaninchen Recht. Bestimmt würden sie mir im Supermarkt kein Schwarzbrot gratis geben, auch wenn ich ihnen erklärte, warum ich ohne Geld kam. Da würden sie mich eher für verrückt erklären.

Also hab ich den Spiegel wieder eingesteckt und bin zum Dorf zurückgegangen. Die Leute haben alle ganz erleichtert ausgesehen.
Die Sonne schien, und am Wiesenrand blühte der Flieder, und in einem Busch, den ich nicht kannte, haben vier winzige Vögel ihre Köpfe aus dem Nest gestreckt, als ihre Mutter mit einem Wurm im Schnabel angeflogen kam. Die Luft war so mild, und ich habe mich gefühlt wie an dem Tag im letzten Sommer, als Mama mit mir in den Wald gefahren ist und wir haben ein Picknick auf einem Baumstumpf gemacht und danach an einem Bach Borkenschiffchen schwimmen lassen. Es war so sommerlich und so schön hier im Land-auf-der-anderen-Seite, nur Mama hat mir gefehlt.
Und dann hab ich endlich den Rauch gesehen.
„Kaninchen!", hab ich gerufen. „Da brennt was!"
Es war jenseits des Dorfes, gleich hinter den Häusern. Dort leuchteten die Wiesen nicht grün und lieblich, und die Bäume reckten ihre Äste kahl in den Himmel. Auf der anderen Seite des Dorfes, ganz nah.

„Es brennt, Kaninchen, nun guck doch!", hab ich geschrien. Am Horizont stieg Rauch in die Luft; düstere Schwaden, die sich über das Land legten als schwarzer Schleier, und schon waren die Bäume verdorrt und die Felder kahl bis zum Dorfrand, als hätte auch hier das Feuer gewütet. „Warum tut denn keiner was?"

Und ich hab mich zu den Leuten umgedreht, die stehen geblieben waren, als ich stehen geblieben war, und plötzlich ernst aussahen und traurig. „Warum tut ihr denn nichts? Das müsst ihr doch löschen!"

Die Leute haben mir nicht geantwortet und mich nur angesehen, und vom Horizont zog die Qualmwolke über das Land.

„Man kann es nicht löschen", hat das Kaninchen gesagt. „Es wird brennen, bis der Kämpfer kommt."

Aber das wollte ich gar nicht mehr wissen. Auf einmal habe ich mich wieder so unheimlich gefühlt wie in dem Moment auf dem Weg zum Supermarkt, als ich zum ersten Mal gemerkt hatte, dass ich im Land-auf-der-anderen-Seite war: unheimlich und allein, und ich wollte nur noch nach Hause.

„Ich hol meinen Korb", hab ich gesagt und die Wirtshaustür aufgerissen. Auf dem Schild darüber saß der große Vogel und schwieg.

Vielleicht habe ich längst gewusst, dass ich nicht nur ins Haus ging, um meinen Korb und mein Geld zu holen.

7.

Die Prophezeiung

Im Schankraum stand der Wirt und sah mir entgegen.

„Hast du gesehen, was du sehen wolltest?", hat er gefragt. „Hast du gesehen, was du sehen musstest?"
„Ich hol meinen Korb", hab ich gesagt und wollte an ihm vorbei zu meinem Zimmer.
Aber der Wirt hat mich am Arm gepackt.
„Wir warten schon so lange", hat er gesagt. „Wir warten schon so lange auf dich."
Da ist mir schwindlig geworden, richtig übel ist mir auf einmal geworden.
„Wieso auf mich?", hab ich geflüstert. Obwohl ich es natürlich längst wusste. Ich glaube, ich hatte es schon begriffen, als das Kaninchen mir erklärt hat, dass das Feuer nicht zu löschen war. Bis der Kämpfer kam.
„Der-durch-den-Spiegel-kommt", hat der Wirt ernst gesagt. „Von Westen. Bei Vollmond."
„Das ist alles ein Irrtum!", hab ich gerufen und mich losgerissen. „Ich wollte eigentlich nur einkaufen gehen!"

„Irrtum?", hat das Kaninchen geschnaubt. „Glaubst du, ich bringe den Spiegel einem Falschen?"
Da hab ich auch verstanden, warum es diese kleine Tasche um den Hals trug. Darin hatte es mir den Spiegel gebracht.
„Du musst nicht erschrecken", hat der Wirt gesagt und mich auf eine Bank gewinkt. „Es ist alles, wie die Prophezeiung es sagt. Ein Kühner Kämpfer, der durch den Spiegel kommt. Von Westen. Und bei vollem Mond."
„Aber ich bin kein Kühner Kämpfer!", hab ich gesagt. „Ich kann ja nicht mal Judo!"
Der Wirt hat mir seine Hand auf den Arm gelegt. „Hab keine Angst", hat er gesagt. „Du hast immer noch den Spiegel. Du kannst jederzeit zurück."
Da hab ich eine große Erleichterung gespürt, und ich hab in der Tasche nach dem Spiegel gegriffen. Er war immer noch da. Ich konnte nach Hause.
Was der Wirt mir erzählte, brauchte mich nicht zu erschrecken: In meiner Tasche steckte der Spiegel, und ich konnte gehen, wann immer ich wollte.
„Und was sagt sie noch?", hab ich darum gefragt. „Die Prophezeiung?"
In der Tür standen wieder die Leute und haben zu mir hingesehen. Stumm.
„Sie sagt, dass du uns befreien wirst", hat der Wirt gesagt und mir dabei fest in die Augen gesehen. „Erlösen von Evil dem Fürchterlichen."
Und als er den Namen ausgesprochen hat, haben die Leute aufgeschrien, und ein Sturm ist durch die Tür in die Schankstube gebraust und hat einen Krug umgeworfen. Einen Augenblick lang ist es dunkel geworden und von ferne war Donnergrollen

zu hören. „Der-durch-den-Spiegel-kommt wird uns befreien."
Wenn ich in meiner Hosentasche nicht die ganze Zeit den Spiegel gefühlt hätte, wäre ich jetzt vielleicht ohnmächtig geworden.
Das muss man sich doch mal vorstellen! Ich wollte wirklich nur einkaufen gehen. Ja, wenn ich jetzt Alex gewesen wäre, der dienstags und donnerstags immer Karate macht, oder wenigstens einer von den Jungs in meiner Klasse, die sich in der Pause immer prügeln! Die hätten sich vielleicht sogar gefreut über so einen Auftrag.
Aber ich doch nicht, ich doch nicht! Ich mag mich überhaupt nicht gerne beulen, und ich bin auch kein bisschen stark. Ich wusste ganz genau, dass ich die Falsche war.
Nur dass ich neugierig war, und das ist schon öfter mein Problem gewesen.
„Und wer ist dieser Evil der Fürchterliche?", hab ich gefragt, und der Sturm, der gerade zur Ruhe gekommen war, ist wieder aufgebraust, und der Donner, der sich gelegt hatte, hat von neuem gegrollt. Die Menschen an der Tür haben die Hände vor ihre Gesichter geschlagen.
„Er herrscht in den Bergen des Bösen", hat der Wirt gesagt. „Hinter dem Reißenden Fluss. Dort steht seine Burg seit langer Zeit. Von dort hat er begonnen, das Land zu erobern: die Weiten der Wüste, den Wald ohne Wiederkehr und das Liebliche Land. Sie alle hat er sich untertan gemacht, die Steine und das Wasser, die Pflanzen und die Tiere, bis sie seine Geschöpfe waren, die nur ihm noch gehorchten: die Geschöpfe des Fürchterlichen, dessen Namen wir nicht nennen. Bis dicht an die Siedlungen der Menschen ist er gekommen, bis dicht an unser Dorf: Aber wir Menschen haben ihm getrotzt und damit seinen

Zorn erregt, denn wir waren die Einzigen, die er nicht unterwerfen konnte, wie sehr er es auch versuchte."
„Und warum nicht?", habe ich geflüstert.
Der Wirt ist aufgestanden und hat auf die Leute gezeigt, die in der Tür standen. „Weil wir ein Herz haben", hat er gesagt. „Und wissen, was gut und was böse ist. So lange kann Evil uns nicht unterjochen", und in das Brausen des Sturms und in den Donner hinein haben die Leute genickt und mich erwartungsvoll angesehen.
„Ich weiß das manchmal nicht so genau", hab ich gemurmelt. „Was gut und was böse ist", und ich hab überlegt, ob zum Beispiel petzen und Hausaufgaben abschreiben schon richtig böse ist oder erst, wenn man jemandem seinen Radiergummi klaut. „Ich finde das manchmal ganz schwierig."
Der Wirt hat mir überhaupt nicht zugehört.
„Aber dann hörten wir täglich von Dörfern, die ihm in die Hände gefallen sind", hat er gesagt. „Und seit Monaten schon kommt keine Nachricht mehr zu uns. Von niemandem mehr."
An der Tür hat jemand geweint. Obwohl sie doch alle erwachsen waren.
„Schließlich muss er ein Mittel gefunden haben, auch die Menschen zu unterjochen. Wir hier sind die Letzten, die ihm noch widerstehen. Aber auch wir werden weniger", sagte der Wirt. „Von Tag zu Tag werden wir weniger. Männer gehen aufs Feld, um die Saat auszubringen, und kehren nicht mehr zurück. Kinder gehen zum Teich, um die Gänse zu tränken, und kehren nicht mehr zurück. Wir sind die Letzten, und wir sind fast ohne Hoffnung. Wir waren ohne Hoffnung, bis du kamst."
Ich habe ihm zugehört, und mein Herz hat angefangen schnel-

ler zu schlagen, und meine Hände haben gezittert. Aber noch immer war da der Spiegel. Noch immer konnte ich gehen.

„Letzte Nacht dann bist du gekommen, wie die Prophezeiung es weiß", sagte der Wirt. „Und nun musst du entscheiden. Du bist Der-durch-den-Spiegel-kommt, und deine Aufgabe wartet auf dich. Nur du kannst uns helfen. Aber noch immer kannst du zurück."

„Warum helft ihr euch denn nicht selber?", habe ich gefragt. Ich hab nicht mal darüber nachgedacht, ob ich es versuchen wollte. Dazu kannte ich mich viel zu genau. Ich war doch keine, die es mit einem aufnehmen konnte, dessen Name den Sturm zum Tosen und die Wolken zum Donnern bringen konnte! Ich konnte ja nicht mal Alex besiegen.

„Das haben wir versucht", sagte der Wirt. „Immer wieder haben wir es versucht. Männer sind ausgezogen und Frauen, um den Fürchterlichen zu besiegen. Aber nie ist auch nur einer zurückgekehrt. Sie blieben verschwunden, und nie mehr wieder haben wir von ihnen gehört. Er hat sie getötet oder zu seinen Häschern gemacht; er hat sie in seinen Bann geschlagen wie die Steine und das Wasser, die Pflanzen und Tiere. So haben wir schließlich begonnen, an die Prophezeiung zu glauben: dass nur der Kühne Kämpfer ihn besiegen kann."

„Aber das bin ich doch nicht!", hab ich gerufen. Und ich hab gedacht, dass sie mich doch nur mal angucken mussten, um zu begreifen, dass so kein Kühner Kämpfer aussieht: zehn Jahre alt und ohne Chance gegen einen, der ganze Landstriche verwüstet.

„Du bist durch den Spiegel gekommen", hat der Wirt gesagt, und dann hat er sich zum Kaninchen gebückt. „Erkläre es ihr! Sag ihr, was sie tun muss!"

Aber das Kaninchen hat neben uns gehockt und getan, als ob es kein Wort versteht.
„Kaninchen!", hat der Wirt gerufen. „Sag ihr, welche Aufgabe hier auf sie wartet!"
„Wie bitte?", hat das Kaninchen erschrocken gesagt. „Ich habe leider nicht so richtig ..."
„Sag ihr, dass sie es tun muss!", hat der Wirt gerufen. „Dass sie die Einzige ist, die es kann! Weil es vorherbestimmt ist!"
Das Kaninchen hat sich unruhig am Ohr gekratzt. „Sicher, sicher", hat es gemurmelt. „So lautet die Prophezeiung. Dass nur der Kühne Kämpfer, der durch den Spiegel kommt, den Fürchterlichen besiegt. So lautet die Prophezeiung", und dann hat es sich wieder ausgestreckt und getan, als ob es die Fußbodenbretter zählt.
„Aber ich kenn mich damit nicht aus!", hab ich gesagt. „Mit Kämpfen! Ich seh ja noch nicht mal solche Filme im Fernsehen! Ich weiß ja gar nicht, was ich da machen soll!"
Der Wirt hat mir nicht geantwortet und mich immer nur angesehen. Das haben die Leute in der Tür auch getan.
„Nachher mach ich noch alles falsch!", hab ich gesagt. „Und dann ist der Schlamassel noch größer!"
Der Wirt hat genickt. „Ich will ehrlich zu dir sein", hat er gesagt. „Auch wir waren überrascht, als wir dich gesehen haben. Auch wir hatten gehofft, unser Kühner Kämpfer wäre mächtig und stark. Aber es ist, wie es ist. Nur du erfüllst die Prophezeiung, und so kannst auch nur du allein uns helfen. Es kann sein, dass du Fehler begehst: Die Wahrscheinlichkeit ist groß. Es kann sein, dass es dir nicht gelingt, den Fürchterlichen zu besiegen: Dann sind wir verloren. Die Wahrscheinlichkeit ist groß, kleines Mädchen, und wir wissen es. Aber wenn du es

nicht versuchst, kann kein anderer uns helfen. Wenn du es gar nicht erst wagen willst, hat der Fürchterliche jetzt schon gesiegt."
Da habe ich erst richtig begriffen, wie schlimm ich dran war.
„Ich möchte das nicht!", hab ich geflüstert. „Ich möchte das bitte nicht machen!"
Im Raum war es still, so still, als hätten sie alle aufgehört zu atmen. So sehr haben sie gewartet.
„Er hat meinen Sohn!", hat eine alte Frau gesagt. „Meinen Jüngsten! Er hat meinen Sohn!"
„Ich möchte nach Hause!", hab ich geflüstert. „Ich kann das alles doch nicht!"
Da hat der Wirt seine Hände auf meine Schultern gelegt.
„Glaubst du, wir verstehen dich nicht?", hat er gefragt. Ganz sanft. „Er ist grausam, der Fürchterliche, und du bist noch ein Kind! Wie gerne würden wir dir *deine* Aufgabe abnehmen, jeder und jede von uns! Aber es ist deine Aufgabe, kleines Mädchen. Dir ist sie zugeteilt, und kein anderer kann sie für dich erfüllen."
Da hab ich gefühlt, wie meine Augen feucht geworden sind, weil ich doch etwas tun sollte, von dem ich wusste: Ich konnte es nicht. Es war dumm, es zu versuchen, dumm und gefährlich: Aber wenn ich es gar nicht erst wagte, hatte der Fürchterliche gesiegt.
Ich habe dem Wirt meinen Kopf an die Brust gelegt, einem völlig fremden Mann, und habe geweint, und er hat seinen Arm um mich gelegt und mich gewiegt.
„Ich weiß ja, ich weiß!", hat er leise gesagt. „Es ist furchtbar, was auf dich wartet, und du bist noch ein Kind!"
Da hab ich in der Tasche den Spiegel gepackt und gedacht, dass

ich jetzt nach Hause gehe, egal, was hier los war. Was hatte das alles mit mir zu tun? Ich hatte mir diese Aufgabe nicht ausgesucht, warum gerade ich? Ich brauchte ja nur in den Spiegel zu sehen, und schon war ich auf dem Rasen bei uns an der Straße. Dann würde ich Mama eben erzählen, dass ich den Korb unterwegs verloren hatte, den Korb und das Geld. Und Mama würde schimpfen und böse sein, und ich würde mich ins Bett legen, und alles wäre vorbei. Es gab keinen Grund zu weinen. Ich konnte zurück.

„Ich weiß, kleines Mädchen, ich weiß", hat der Wirt wieder geflüstert, und da hab ich mir vorgestellt, wie ich zu Hause in meinem Hochbett mit den blau gestreiften Vorhängen liege, weich und warm; aber die ganze Zeit muss ich daran denken, wie schön es im Dorf sein könnte und dass es nun verloren ist. Und nur, weil ich nicht gewagt habe, gegen Evil zu kämpfen.

Da hab ich auf einmal gewusst, dass ich dann ganz bestimmt nicht einschlafen kann, und in der Schule kann ich noch weniger aufpassen als sonst. Weil ich doch immer an das Land-auf-der-anderen-Seite denken müsste und an Evil und all die Menschen, die er nun auch noch in seine Gewalt bringen würde. Und die Pferde vielleicht sogar auch und ihre niedlichen kleinen Fohlen. Und nur, weil ich es nicht mal versuchen wollte.

„Vielleicht probier ich es doch", hab ich gemurmelt und die Nase aufgezogen. Dann hab ich meinen Kopf gehoben. „Ich kann es ja wenigstens mal versuchen."

In der Tür haben die Leute angefangen zu jubeln und zu klatschen.

„Sie hat die Prophezeiung angenommen!", haben sie gerufen.

„Sie will es versuchen! Sie rettet uns!"
„Na ja, na ja", hat das Kaninchen gemurmelt. Es hat noch immer die Fußbodenbretter gezählt.

8.

Seine einzige Waffe, sein Mut

Langsam haben sich die Männer und Frauen um unseren Tisch versammelt.

„Er hat meine kleine Tochter", hat eine Frau gesagt und mir über die Wange gestrichen. „Sie war noch nicht mal so alt wie du. Sie wollte zur Erntezeit das Essen aufs Feld bringen."

„Er hat unsere Männer!", haben zwei junge Frauen gesagt. „Sie sind ausgezogen, ihn zu besiegen, und kamen niemals zurück."

„Er hat meine Frau!", hat ein alter Mann gesagt. „Ein ganzes Leben haben wir geteilt, nun hat er sie mir genommen."

„Bei Nacht musst du gehen", hat der Wirt gesagt und den Leuten ein Zeichen gegeben. „Über die Steinige Steppe bei Nacht. Denn dort gibt es nur wenige Sträucher, um sich hinter ihnen zu verbergen, und alle sind sie Geschöpfe des Fürchterlichen. Und seine Häscher sind überall und furchtbar wie er."

Da ist es mir eiskalt den Rücken runtergelaufen, aber eigentlich habe ich mich trotzdem besser gefühlt. Seit ich mich entschieden hatte, den Kampf aufzunehmen, habe ich mich fast richtig gut gefühlt. Weil ich gedacht hab, es ist doch auch

irgendwie toll, dass ausgerechnet ich ausgewählt worden bin, um so eine Prophezeiung zu erfüllen, und nicht der starke Alex und nicht die kluge Assal und nicht mal die hübsche, beliebte Katja. Sondern ausgerechnet ich, obwohl ich so ganz normal durchschnittlich bin, und warum das so ist, kann keiner sagen.
Im Märchen ist es ja immer so, dass Königssöhne eine Aufgabe erfüllen müssen, und ein Königssohn war ich ja nun bestimmt nicht. Der jüngste Sohn oder der dümmste, aber so dumm bin ich nun auch wieder nicht. Dann hätte das Kaninchen Hansi aus meiner Klasse den Spiegel bringen müssen, der schreibt in allen Fächern Fünfen.

Aber in manchen Märchen ist ja auch ein armes Kind auserwählt, ein armes Kind, das Hunger hat und friert und ganz unglücklich ist, und das stimmte bei mir ja nun alles auch nicht. Oder das ganz alleine ist, weil seine Eltern gestorben sind. Und meine sind schließlich nur geschieden.
Ich hab also gedacht, dass ich wohl nie rauskriegen werde, warum ausgerechnet ich der Kühne Kämpfer bin, aber wenn die Prophezeiung es sagt, wird es schon stimmen. Und dann werde ich es doch wohl auch irgendwie schaffen. Im Märchen, wenn einer für etwas bestimmt ist, kriegt der das auch hin.
Und im Notfall hatte ich ja schließlich immer noch den Spiegel. Wenn es gefährlich wurde, konnte ich jederzeit abhauen. Ein richtig gefährliches Abenteuer war es also eigentlich nicht.
Da hab ich mir vorgestellt, wie ich in der Schule davon erzählen würde. „Übrigens hab ich gestern Abend das Land-auf-der-anderen-Seite befreit", würde ich so ganz nebenbei zu Nasrin und Katja sagen, wenn wir in der Pause auf dem Hof unsere Brote essen würden. Und zum Beweis würde ich den Spiegel

aus der Tasche ziehen. Langsam hatte ich richtig Lust loszulegen.
„Was genau muss ich machen?", habe ich darum den Wirt gefragt. „Um diesen Bösen zu besiegen?" Den Namen wollte ich vorsichtshalber nicht noch mal sagen. Sonst kippte von dem Sturm womöglich wieder was um.
„Das ist nicht bekannt", sagte der Wirt, und die Leute nickten. „Dass du ihn suchen wirst, sagt die Prophezeiung, und ihn aufspüren in seiner Burg. Dann wirst du ihn besiegen: Und das Land ist erlöst. Die Steine und das Wasser, die Pflanzen und die Tiere und auch die Menschen in seiner Gewalt. Aber wie es geschehen wird, sagt die Prophezeiung uns nicht."
Das hab ich ein bisschen ärgerlich gefunden, weil ich nun sogar noch selber überlegen sollte, was ich überhaupt machen musste, aber dann hab ich gedacht, wenn die Prophezeiung sagt, dass ich ihn finde, wird das schon stimmen.
Prophezeiungen irren sich eigentlich nie. Da war es ja ganz egal, wo ich anfing mit dem Suchen.
„Ich glaub, ich geh dann erst mal zu dem Feuer", hab ich gesagt. „Irgendwo muss man ja anfangen."
Die Leute haben erschrocken ausgesehen, aber der Wirt hat genickt. „Die Schmiede", hat er gesagt. „Nie mehr ist Kunde gekommen von dort. Nur noch Flammen und Rauch, und Alin der Schmied ist verschwunden."
„Aber vielleicht könnte ich ein Pferd kriegen?", hab ich gesagt. Natürlich kann ich nicht reiten, Reitstunden sind uns ja viel zu teuer. Aber mit Mama war ich schon zweimal bei einem Schützenfest, und da durfte ich mich auf einem Pferd führen lassen, immer im Kreis. Das hat sich so gut angefühlt. „Mit Pferd bin ich schneller."

Und ich habe gedacht, wenn ich in diesem Land ein Kühner Kämpfer sein soll, dann werde ich doch wohl vielleicht auch reiten können. So schwer kann das schließlich nicht sein.
„Er wandert über die Ebene mit ruhigem Schritt", hat der Wirt gesagt. „Er quert den Fluss und erklimmt das Gebirge. So heißt es in der Prophezeiung. Von Pferden ist nicht die Rede."
Ich hab nicht gesagt, dass man die Prophezeiung vielleicht nicht so wörtlich nehmen sollte. Schließlich klang sie ja auch, als ob der Befreier ein Mann wäre oder ein Junge, und in Wirklichkeit war ich damit gemeint. Da konnte doch Wandern vielleicht auch Reiten bedeuten.
Aber mir war schon klar, dass daraus wahrscheinlich nichts werden würde.
„Vielleicht ein Schwert?", hab ich gefragt. „Krieg ich wenigstens ein Schwert?"
Natürlich hab ich noch niemals ein Schwert in der Hand gehalten in meinem ganzen Leben, und ich war mir auch überhaupt nicht so sicher, ob ich es benutzen würde. Man stelle sich vor, dass man einem den Kopf abschlagen soll oder einfach ins Herz stechen! Ich hab eigentlich nicht geglaubt, dass ich das konnte. Nicht mal bei einem Evil dem Fürchterlichen.
Aber das konnte der Fürchterliche selber ja nicht wissen, und wenn ich da auf seine Burg kam mit einem Schwert in der Hand, würde ich wenigstens gefährlich aussehen. Und das ist ja wohl das Mindeste, was man erwarten kann, wenn man einen besiegen soll.
„Seine einzige Waffe", sagte der Wirt und schüttelte den Kopf, „ist sein Mut. So sagt es die Prophezeiung. Ein Kühner Kämpfer, dessen einzige Waffe sein Mut ist. Wir dürfen nicht dagegen verstoßen."

„Wenigstens ein Taschenmesser?", hab ich vorsichtig gefragt, aber da hat das Kaninchen geschnaubt und gefragt, ob ich schon mal von einem Helden gehört hätte, der mit einem Taschenmesser kämpft.
Das hatte ich nicht. Aber ich hatte ja auch noch nie von einer Heldin gehört, die erst zehn Jahre alt war und nicht mal sehr groß für ihr Alter.
„Ganz ohne alles?", hab ich vorsichtshalber noch mal gefragt. „Ich soll losziehen ganz ohne alles?"
Der Wirt hat genickt. „Wie es die Weissagung weiß", hat er gesagt.
Aber ganz ohne alles war ich eben doch nicht. In meiner Tasche steckte der Spiegel, und im Notfall würde ich fliehen, nach Hause. Das musste ich den Leuten hier ja nicht sagen.
Eigentlich konnte mir gar nichts passieren. Auch ohne Pferd nicht und ohne Schwert. Ich konnte ja immer nach Hause.
„Okay, dann also ganz ohne alles", hab ich gesagt.
So dumm war ich damals.

9.

Die Steinige Steppe

Wir sind aufgebrochen, als die Dämmerung über das Land kroch. „Viel Glück, kleines Mädchen, viel Glück", hat der Wirt geflüstert, als er mir zum Abschied nachgewinkt hat. „Gib gut auf dich Acht. Dich begleiten all unsere Wünsche. In Gedanken sind wir bei dir, Kühner Kämpfer."
„Ich bin natürlich auch bei dir", hat das Kaninchen gesagt und sich geräuspert. „Und nicht nur in Gedanken. Gehen wir los."
„Heißt es in der Prophezeiung: ein Kühner Kämpfer, begleitet von einem Kaninchen?", hab ich den Wirt vorsichtshalber gefragt, aber das Kaninchen hat mich unterbrochen.
„Jedenfalls heißt es nicht: ein Kühner Kämpfer, *nicht* begleitet von einem Kaninchen", hat es gesagt. „Und darum verstoßen wir nicht gegen die Prophezeiung, wenn ich dich begleite. Worauf warten wir noch?"
Der Wirt hat nachdenklich ausgesehen, aber dann hat er genickt. „Ein Gefährte kann dir sicherlich nützlich sein", hat er gesagt. „Leb wohl, kleines Mädchen, leb wohl!"

Dann hat er sich umgedreht und ist im Schatten der Häuser verschwunden.
Und ich war allein.
Ja, natürlich, das Kaninchen war immer noch bei mir: Aber was nutzt ein Kaninchen, wenn man zum Kampf antreten soll? Ich war allein, und vor mir lag grau die Steinige Steppe, und am Horizont drohte das Feuer. Das Abenteuer hatte begonnen.
„Kaninchen?", hab ich gesagt und den Spiegel aus der Tasche gezogen. „Einmal gucken muss ich noch."
Weil doch die Ebene so düster vor mir lag und so gefährlich und weil niemand bei mir war; weil ich kein Pferd besaß und kein Schwert und weil ich nicht glauben konnte, dass ich stark genug war, um meine Aufgabe zu bestehen: Darum musste ich noch einmal in den Spiegel sehen. Nur einmal noch wollte ich prüfen, ob ich auch immer zurückkonnte. Dann wollte ich die Prophezeiung erfüllen.
„Nein!", schrie das Kaninchen, aber ich war schon gegangen.
An der Ampel fuhr der graue Kastenwagen gerade an, und auf der anderen Straßenseite kamen Micha und Alex angerannt, man stelle sich vor, wo ich vorhin doch erst an Alex gedacht hatte!
Aber auf einmal kam mir alles so fremd vor und so unwirklich; fast wie vorher das Land-auf-der-anderen-Seite.
„Es klappt noch", hab ich gesagt und den Spiegel zurückgedreht. In der Dämmerung saß das Kaninchen neben mir auf der verkrusteten Erde und starrte mich an.
„Ich dachte, du wolltest dich vor deiner Aufgabe drücken. Ich dachte, du würdest nicht mehr zurückkehren."
„Quatsch!", hab ich gesagt und über die Ebene hin zum Feuer gesehen. Ich hatte keine Ahnung, wie lange wir gehen

mussten. „Warum ist hier alles so grau?"
Das Kaninchen ist ein paar Schritte vorausgehoppelt, dann ist es wieder zu mir zurückgekommen.
„Das macht die Dämmerung", hat es gesagt. „Das macht die Dämmerung und die Asche des Feuers. Und das macht Evil der Fürchterliche."
Und mitten im Sturm und im Donner habe ich den Ruß gesehen, der über allen Dingen lag und ihnen die Farben nahm: Aber darunter war noch ein anderes Dunkel, das schimmerte durch das Schwarz des Rußes und durch das Grau der Asche; ein Dunkel, das in den Dingen war und nicht durch die Dämmerung kam und nicht durch das Feuer. Und ich verstand, was es war.
„Evil der Fürchterliche", hab ich geflüstert, und ein Blitz hat den Himmel gespalten, und in seinem gleißenden Licht habe ich in der Ferne tausend Punkte gesehen, die sich bewegten; Punkte, die größer wurden. Sie kamen auf uns zu.
„Sprich seinen Namen nicht aus!", hat das Kaninchen gesagt. „Du siehst, was geschieht!"
Aber jetzt gerade war es vielleicht gar nicht so schlecht, dass es geblitzt und gedonnert hatte. Im Schein des Blitzes hatten wir sie wenigstens entdeckt, Gestalten auf Pferden, die über die Ebene galoppierten, so schnell, dass sie zu fliegen schienen: immer näher, direkt auf uns zu.
„Was ist das, Kaninchen?", hab ich gefragt. Aber da wusste ich es schon.
Denn jetzt waren sie so nah, dass der Boden erbebte, und ich sah die Rüstungen der Männer in den Sätteln, schwere Rüstungen auf schwarzen Pferden, und ich brauchte die Antwort nicht mehr.

„Seine Häscher!", rief das Kaninchen. „Er hat seine Häscher geschickt, um dich zu fangen!", und mit einem Satz verschwand es in einem Gestrüpp.
„Also weiß er, dass du hier bist", flüsterte das Kaninchen, als die Zweige auch über mir zusammenschlugen. „Er hat sie nach dir ausgeschickt", und ich dachte, dass es ganz überflüssig war, mich zu verstecken. Sie würden kommen und mich fangen und würden mich vor den Fürchterlichen führen.
Die Pferde waren jetzt schon ganz nah, und ich spürte, wie mein Herz schlug, als ob es zerspringen wollte. „Sie werden uns finden, Kaninchen!", flüsterte ich. „Sie kriegen uns, sie kriegen uns doch!"
Dann war das Donnern der Hufe neben uns, und das Dröhnen war so unerträglich laut und das Wiehern der Pferde, und darüber waren die Schreie der Häscher zu hören, die wütenden Schreie grausamer Stimmen. Und ich versteckte meinen Kopf in den Armen und hielt mir die Ohren zu; und ich wusste, dass sie mich finden würden.
Aber sie ritten vorbei.
Als ich begriff, dass das Dröhnen der Hufe leiser wurde und dass die Stimmen verklangen, glaubte ich es nicht. Und ich ließ meinen Kopf in den Armen verborgen und blieb klein und zusammengerollt liegen unter den Zweigen.
„Sie haben uns nicht entdeckt", sagte das Kaninchen und ließ die Luft zwischen den Zähnen entweichen, als ob es vor Erleichterung pfeifen wollte. „Du kannst jetzt herauskommen. Fürs Erste ist die Gefahr vorbei."
Aber ich rührte mich nicht. Sie konnten doch jederzeit wiederkommen! Ich blieb liegen unter den Zweigen und ließ meinen Kopf in den Armen und machte mich klein.

„Ein Kühner Kämpfer!", rief das Kaninchen. „Na, besten Dank! Wenn du schon bei der ersten kleinen Begegnung mit den Häschern zusammenbrichst!"
Da dachte ich, dass ich so mutig wie das Kaninchen schließlich auch sein konnte, und ganz vorsichtig nahm ich die Hände von den Ohren und setzte mich auf.
Auf der Ebene war es jetzt dunkel geworden, und nicht einmal die Umrisse der wenigen Bäume und Sträucher waren mehr zu erkennen. Nur fern, fern am Himmel glühte noch immer das Feuer, ein rötlicher Schein.
„Jetzt findet dich keiner mehr!", sagte das Kaninchen. „Wenn du dich nicht allzu dumm anstellst. Jetzt ist es viel zu dunkel."
Von ferne war ein leises Donnergrollen zu hören, und immer noch hatte ich Angst.
„Bis zum Morgen sind wir sicher", sagte das Kaninchen wieder. „Bis zum Morgen schützt uns die Dunkelheit. Bis dahin können wir die Schmiede erreichen, wenn wir klug und vorsichtig sind."
Da kroch ich aus dem Gestrüpp und folgte ihm über die Steppe, und wir wanderten auf das Feuer zu, auf den Schein am Horizont, und allmählich schien es, als käme er näher.
Manchmal war uns, als ob das Dröhnen der Hufe anschwoll; dann wieder entfernte es sich. Wenn wir klug und wenn wir vorsichtig waren, würden die Häscher uns nicht finden. Nicht in dieser Nacht.
Und dann fiel es mir plötzlich wieder ein und ich blieb stehen und schlug mir gegen die Stirn.
„Kaninchen!", rief ich. „Ich bin vielleicht blöde!"
Wieso hatte ich nur den Spiegel vergessen? Im Augenblick der Gefahr hätte ich einfach entkommen können, mit einem einzi-

gen Blick. Aber im Augenblick der Gefahr hatte ich nicht daran gedacht. Ich war wie gelähmt gewesen vor Angst. Ich hatte nur versucht, mich zu verbergen.
„Nee, wirklich, Kaninchen! Ich hab doch den Spiegel!"
Und ich griff in meine Tasche, um das gute, sichere Gefühl zu spüren, das er mir gab, und wieder zu wissen, dass ich nach Hause konnte, jederzeit.
Aber ich griff ins Leere. In meiner Tasche war nichts.

10.

Der verlorene Spiegel

Halt an, Kaninchen, bleib stehen!", schrie ich. Ganz nah schon sahen wir jetzt das Feuer, und über mir hörte ich Flügel schlagen. Der Vogel war uns gefolgt.
„Kaninchen, der Spiegel ist weg!"
Mitten in der Bewegung hielt das Kaninchen inne und drehte sich um.
„Der Spiegel ist weg?", schrie es.
Und da erst begriff ich wirklich, was geschehen war. Da erst, als ich die Panik in seiner Stimme hörte, begriff ich, was es bedeutete, ohne Spiegel im Land-auf-der-anderen-Seite zu sein.
„Der Spiegel ist weg!", flüsterte ich, und dann ließ ich mich auf den Boden fallen und machte die Augen zu.
Ich war im Land-auf-der-anderen-Seite: Aber ich konnte nicht mehr nach Hause. Ich war ausgezogen, gegen Evil zu kämpfen: Aber ich konnte nicht mehr fliehen, wenn seine Häscher mich jagten. Ich war ausgezogen in ein Abenteuer, das ich verlassen konnte, wann immer ich wollte: Jetzt erst war es ein wirkliches Abenteuer geworden.

„Ich will nach Hause!", flüsterte ich. „Ich will jetzt nach Hause!"
Aber das Kaninchen tröstete mich nicht.
„Wie kann man so dumm sein!", schrie es. „Wie kann man so dumm sein und den Spiegel verlieren! Wenn er doch das Einzige war, was dir vielleicht hätte helfen können, den Fürchterlichen zu besiegen! Ohne Spiegel sind wir verloren."
„Wir suchen ihn", sagte ich ängstlich. Immerhin war ich doch der Kühne Kämpfer aus der Prophezeiung! Da konnte es doch nicht sein, dass alles schon so schnell zu Ende war und das Land-auf-der-anderen-Seite für immer in Evils Hand, nur weil ich den Spiegel verloren hatte. Und nicht einmal eine ganze Nacht, nachdem ich aufgebrochen war!
„Wir suchen ihn, Kaninchen! Komm, hilf mir!" Und ich tastete mit den Händen über den Boden, vor mir, hinter mir, zu beiden Seiten. Die Dunkelheit war so tief, und nichts war zu sehen als am Horizont der rote Schein.
„Wir suchen ihn!", schnaubte das Kaninchen. „Ja, wie denn? Ja, wo denn? Willst du über die ganze Steppe kriechen und mit deinen Händen am Boden wühlen? Und die Häscher überall um uns herum?"
Da stand ich auf. Durch die Dunkelheit drang das Dröhnen der Hufe. Das Kaninchen hatte Recht: Wie sollten wir den Spiegel finden, wenn wir nicht einmal wussten, wo ich ihn verloren hatte?
Er konnte in dem Gestrüpp liegen, in dem wir uns verborgen hatten, als die Häscher kamen – oder nur drei Schritte hinter mir. Vielleicht war er mir gleich am Beginn der Wanderung aus der Tasche gefallen – oder erst ganz am Ende des Weges: Aber wo auch immer er war, wir wussten es nicht, und die Nacht

war so schwarz und auf der Ebene lauerten die Häscher.
„Du hast Recht, Kaninchen", sagte ich. „Bei Nacht können wir nicht suchen", und ich dachte, dass wir abwarten mussten, bis es hell war; und da musste ich schon wieder weinen. Weil ich allein war in der Dunkelheit und in großer Gefahr und weil eine Aufgabe auf mich wartete, für die ich viel zu klein war und auch viel zu ängstlich.
Mein Mut, als ich mich entschieden hatte, gegen Evil zu kämpfen, war ja nicht wirklich mein Mut gewesen; ich hatte ihn nur durch den Spiegel und die Gewissheit, in keinem Augenblick wirklich in Gefahr zu sein. Die ganze Zeit war ich bereit gewesen zu fliehen, wenn es wirklich ernst wurde, das wusste ich jetzt.

„Ich kann das doch nicht!", schluchzte ich. „Ich will das doch nicht!" Und ich verstand, dass ich in eine Falle getappt war, und jetzt war sie zugeschnappt. Ich wollte nicht mutig sein!
„Bis zur Schmiede können wir es schaffen", sagte das Kaninchen und stupste mich mit seiner feuchten Nase an. „Bis es hell wird. Dann sind wir vor den Häschern in Sicherheit."
Und wenn auch meine Angst riesengroß war und meine Verzweiflung ebenso, wusste ich doch, das Kaninchen hatte Recht. Darum wischte ich mir die Tränen ab und ging hinter ihm her, auf den Feuerschein zu, und dazu summte ich mein Trostlied; mein Trostlied, das ich immer summe, wenn ich alleine etwas aus dem Keller holen muss oder im Dunkeln nach Hause komme. Ich summte mein Trostlied, weil ich es immer summe, wenn ich mich einsam fühle und in Gefahr. Und einsamer und in größerer Gefahr als in dieser Nacht auf der Steinigen Steppe hatte ich mich niemals gefühlt.
Da schrie über uns der Vogel, und ich erinnerte mich, was der

Wirt mir erzählt hatte vom Wasser und von den Steinen, den Pflanzen und Tieren in Evils Gewalt: Und plötzlich begriff ich, dass der Vogel eins von Evils Geschöpfen war. Er war Evils Spion.

„Kaninchen!", flüsterte ich.

Er war Evils Spion und er war uns gefolgt vom Dorf bis hierher. Am Himmel verlor er nicht unsere Spur, und bald würde er weiterfliegen und den Häschern verraten, wo sie uns finden konnten.

Und es gab keine Hilfe. Vor ihm konnten wir uns nicht verbergen, und so gingen wir weiter auf das Feuer zu, und während ich mein Trostlied summte, liefen die Tränen über mein Gesicht.

11.

Die Schmiede

Wir wanderten auf den Feuerschein zu und ich summte mein Trostlied; aber diesmal half es mir nicht. Und ich begriff: Man kann sich befehlen, mutig zu sein; deshalb ist man nicht mutig. Und man kann sich befehlen, nicht mehr immerzu an seine Angst und seinen Kummer zu denken: Aber deshalb verschwinden sie nicht.

„Kaninchen?", flüsterte ich. „Aber was ist in der Schmiede?"
Denn wenn die Prophezeiung auch sagte, dass das Feuer erst erlosch, wenn der Kühne Kämpfer käme, so sagte sie doch nicht, warum es brannte; und woher wollte ich wissen, dass dort in den Flammen nicht Evil mich erwartete, Evil der Fürchterliche?
„Was in der Schmiede passiert ist, weiß niemand", sagte das Kaninchen. „Eines Tages ging sie in Flammen auf und danach verschwanden plötzlich überall Menschen: Hatten sie dem Fürchterlichen bis dahin noch widerstehen können, so war es jetzt, als hätte er in der Schmiede das Mittel gefunden, sie in seine Gewalt zu zwingen."

„Und was ist, wenn er immer noch dort ist?", flüsterte ich. „Was ist, wenn er immer noch dort ist und mich erwartet?"

Das Kaninchen hielt mitten in der Bewegung inne.

„Dann sind wir verloren", sagte es, und ich verstand; denn wie sollte ich gegen Evil bestehen mit bloßen Händen und nach einer durchwanderten Nacht?

„Ich will da nicht hin!", sagte ich und drehte mich um. „Ich geh jetzt zurück!"

Hinter mir lag die Steinige Steppe, weit und düster. Bald schon würde es Tag werden, und wie sollte ich dann den Häschern entkommen?

„Nein, ich gehe nicht zurück", sagte ich müde.

Und gerade in diesem Augenblick, als meine Angst und meine Verzweiflung so groß waren, dass ich glaubte, es wäre mir gleich, ob Evil mich packte, gerade in diesem Augenblick begann der Himmel hinter der Ruine sich zu verfärben. Das Rot und das Gelb des Feuers verblassten vor dem Orange der aufgehenden Sonne, und in der Dämmerung zuerst und dann im Licht des ersten Morgens sah ich nun endlich die Schmiede. Schwarz zeichnete sich die Ruine gegen den Himmel ab, und um die verkohlten Balken züngelten noch immer unerklärlich die Flammen; aber in den leeren Fensterhöhlen leuchtete jetzt der Himmel, und die Strahlen der Morgensonne verwandelten das düstere Grau der Steppe hinter uns in ein tiefes Silber.

„Die Sonne jedenfalls hat er noch nicht besiegen können", sagte das Kaninchen triumphierend, und ich verstand, dass es doch Grenzen gab für Evils Macht; und so lange war Hoffnung.

Die Ruine stand traurig im Morgenlicht, traurig, nicht drohend, und ich sah, dass es hier einmal Leben gegeben hatte:

Verkohlte Bäume reckten ihre kahlen Äste in den Himmel, wo einmal der Obstgarten gewesen war; und versengte Zäune und Gatter begrenzten immer noch Weiden, auf denen einmal Kühe gegrast hatten, Schafe und Pferde.
Über uns schrie der große Vogel, und da spürte ich, wie still es sonst war und dass keine Bienen summten an diesem Sommermorgen und keine Vögel zwitscherten auf den Zweigen. Hier war alles Leben erloschen.
Nur der große Vogel kreiste hoch über uns.
„Verschwinde doch, verschwinde!", schrie ich und reckte meine Faust, als ob ich dem Spion damit drohen könnte, und ich griff mir einen Stein und schleuderte ihn hoch in den Himmel. „Sag ihm doch, wo er uns finden kann! Wenn du es willst, dann tu es nur schnell!"
Einen Augenblick stand der Vogel wie wartend in der Luft still über uns; dann stieß er einen Schrei aus und mit kräftigen Flügelschlägen flog er über die Steppe zurück.
„Da fliegt er, um uns zu verraten", sagte ich, aber noch waren wir am Leben, und gemeinsam gingen wir die letzten Schritte auf die Schmiede zu, und die Morgensonne schien jetzt so warm und der Himmel war so hoch, aber die Stille war so groß und traurig.
„Hier will ich jetzt anfangen mit meiner Aufgabe", sagte ich tapfer, denn ich war doch immerhin der Kühne Kämpfer, und irgendwo hier musste es eine Antwort geben oder wenigstens die richtige Frage. „Ich glaube, Kaninchen, hier kommen wir weiter", und ich spürte, wie viel leichter es war, ein Kühner Kämpfer zu sein, wenn die Sonne schien und Evils Häscher weit waren.
Wir gingen durch das Tor, das schwarz in den Angeln schwang,

durch den Garten zur Ruine, und ich wusste, dass ich dort etwas finden würde, das mir weiterhalf.
Aber bevor wir das Haus noch erreichten, trat plötzlich eine Frau heraus und kam auf uns zu, und als ich ihr Lächeln sah, vergaß ich mein Misstrauen.
„Bist du endlich gekommen!", sagte die Frau und legte mir ihre Hände auf die Schultern. „Bist du endlich gekommen, wie die Prophezeiung es sagt: Er wandert über die Ebene, von Westen im Morgenrot, ein Kühner Kämpfer, bewaffnet mit nichts als seinem Mut", und sie sah mich an, als ob sie mich wärmen

wollte, und dabei hatte doch schon die Sonne genügt, mich aus der Starre der Nacht zu erlösen. Aus der Starre der Nacht und aus meiner Angst.
„Ich glaube, das bin ich", sagte ich, „der Kühne Kämpfer", und als sie lachte, klang auch ihr Lachen so warm und so freundlich.
„Eine Kühne Kämpferin, müde und klein", sagte sie. „Davon hat die Prophezeiung nichts gesagt. Du weißt ja gar nicht, wie sehr ich dich erwartet habe. Nun sollst du den Ring bekommen und die ganze Weissagung erfahren. Aber zuerst musst du essen", und sie lachte wieder und führte mich auf eine Wiese neben dem Haus. Da standen ein Tisch und eine Bank, und auf dem Tisch stand eine dampfende Kanne und lag ein frisches Brot; und im hohen Gras öffneten zaghaft die ersten Gänseblümchen ihre Blüten.
„Wie lange habe ich auf dich gewartet!", sagte die Frau. „Und der Tisch ist gedeckt. Jeden Morgen habe ich ihn gedeckt, seit ..."
Da war es, als ob ein Schatten über die Wiese fiel, und ein kalter Hauch ließ mich frösteln.

„Willkommen in der Schmiede", sagte die Frau. „Willkommen, Kühner Kämpfer, auch wenn du ein kleines Mädchen bist. Nun lass es dir schmecken."
Und ich aß und ich trank, und zu meinen Füßen mümmelte das Kaninchen das saftige Gras. Wäre nicht hinter mir Rauch aufgestiegen aus den Trümmern der Schmiede: Ich hätte geglaubt, jetzt wäre alles gut.

12.

Die Geschichte vom Schmied

Als ich gegessen und getrunken hatte, legte ich mich auf der Wiese ins hohe Gras, und die Frau saß neben mir auf der Bank und sah auf mich herab.

„Schlaf nur, solange du kannst", sagte sie. „Du bist die ganze Nacht gewandert, Kühne Kämpferin. Ich sitze hier und bewache deinen Schlaf; und wenn du aufwachst, sollst du den Ring bekommen und die ganze Prophezeiung erfahren."

Da waren mir längst die Augen zugefallen. Wenn irgendwer glaubt, man könne am Morgen nicht schlafen, wenn die Sonne schon hoch am Himmel steht, dann soll der nur eine Nacht über die Steinige Steppe wandern und sich vor Evils Häschern verstecken: Ich jedenfalls hatte überhaupt nicht gewusst, wie wunderbar Schlaf sein kann, tief und ohne Träume; und als ich aufwachte, färbte sich der Himmel im Westen schon wieder rot.

„Du hast lange geschlafen", sagte die Frau. „Das ist gut. Denn auf deiner Wanderung wirst du viel Kraft brauchen. Komm zu mir an den Tisch, dann sollst du alles erfahren."

Neben mir im Gras räkelte sich das Kaninchen.
„Wenn man endlich in seinen Bau zurückkönnte!", murmelte es. „Nicht, dass es zurzeit so aussieht, als könnte das jemals geschehen. Aber, nun ja, man hat seine Aufgabe", und es kam zum Tisch gehoppelt, als wolle es kontrollieren, ob das, was die Frau mir erzählte, auch die Wahrheit war.
„Ich bin die Frau des Schmieds", fing sie an. „Ich habe die Schmiede bewacht, seit der Fürchterliche meinen Mann mit sich genommen hat. Ich habe die Schmiede bewacht und auf dich gewartet."
Ich saß still und hörte ihr zu.
„Sie kamen in einer stürmischen Nacht", sagte die Frau des Schmieds. „Bis dahin hatte der Fürchterliche vergeblich versucht, auch die Menschen in seine Gewalt zu bringen. Längst gehorchten ihm das Wasser und die Steine, die Pflanzen und Tiere: Aber die Menschen gehorchten ihm nicht; denn sie haben ein Herz und wissen, was gut und was böse ist."
Ich nickte. Das alles hatte mir ja der Wirt auch schon erzählt.
„In jenem Herbst nun kam er endlich an unsere Schmiede", sagte die Frau und es war nicht nötig, dass sie seinen Namen nannte. „Längst hatte er das Land um uns herum in seiner Gewalt, und nur selten noch wagte sich jemand über die Steppe zu unserem abgelegenen Haus. Wir waren einsam geworden, aber wir wussten, dass wir ausharren mussten. Weil Alin das Zeichen besaß. Und der Fürchterliche wusste es auch."
Sie schwieg, und als ich nicht fragte, sprach sie weiter.
„Wir aber wussten nicht, dass er es erfahren hatte. Wir hofften, er ahne nicht einmal, dass es das Zeichen gab. Alin hatte es geschmiedet, vor vielen Jahren, und als er begriff, was ihm da

gelungen war, wagte er nicht, es zu zerstören. Mag sein, es war ohnehin unzerstörbar."

Sie stand auf und begann, auf und ab zu gehen.

„Du musst verstehen", sagte sie, und ich spürte, dass sie mit dem Beginn der Dunkelheit unruhig wurde, „Alin hatte die Gabe. Schon als ganz junger Mann hat er es bemerkt, damals lebten wir noch im Dorf. Er konnte Schwerter schmieden, die immer töten, egal, wer sie führt: Darum schmiedete er keine Schwerter mehr. Er konnte Ringe schmieden, Armbänder und Ketten, die ihrem Träger Schönheit und ewige Jugend verliehen, und Münzen, die zu unendlichem Reichtum verhalfen: Aber er wusste auch, wie leicht man diese Dinge missbrauchen kann, wie schnell sie Unglück bringen können über ihre Besitzer. Was er geschmiedet hatte, vernichtete er wieder. Und wir zogen fort aus dem Dorf, damit niemand von seiner Gabe erfahren und ihn bedrängen sollte."

„Wie schade!", sagte ich. Man stelle sich vor, man hätte eine Münze, durch die man reich wird! Dann würden wir jedenfalls auch jeden Sommer nach Mallorca fliegen, Mama und ich, oder vielleicht sogar nach Amerika. Und einen Computer könnte ich vielleicht auch kriegen. Aber nun war es zu spät. Dieser Alin hatte ja offenbar alles wieder vernichtet.

„Eine Tages dann gelang ihm das Zeichen", sagte die Frau des Schmieds. „Er hat es immer bereut. Aber zerstören konnte er es nicht."

„Und was für ein Zeichen?", fragte ich. Es war ja ziemlich sicher, dass auch das Zeichen irgendwelche Sachen zaubern konnte. Vielleicht konnte es einen nicht gerade reich machen wie die Münzen; aber vielleicht machte es wenigstens schön und berühmt, und dann würde Katja Augen machen und doch wieder lieber meine Freundin sein wollen als Nasrins. Dann fiel es mir ein. Katja würde ich niemals mehr wiedersehen. Der Spiegel war verloren, und plötzlich wollte ich die Geschichte des Schmieds gar nicht mehr hören. Wie hatte ich das Schreckliche nur so lange vergessen können!

„Das Zeichen, mit dem man Macht über die Herzen der Menschen gewinnt", sagte die Frau des Schmieds. „Ein unscheinbares Medaillon, mächtiger als alles sonst auf der Welt. Er hat es immer bei sich getragen und gehofft, dass niemand davon erfährt. Aber der Fürchterliche hat seine Spione überall."

Ich dachte an den Vogel und schwieg.

„Eines Nachts sind sie gekommen. Sie haben die Schmiede niedergebrannt und meinen Mann mit sich genommen. Weil sie wussten, dass er das Zeichen besaß. Seitdem verschwinden immer wieder Menschen aus den Dörfern und werden zu Häschern des Fürchterlichen: Denn jetzt hat er die Macht über ihre Herzen. Er hat das Zeichen. Und du wirst es ihm wieder nehmen."

„Ja, das wirst du wohl müssen", sagte das Kaninchen und seufzte. „Jetzt weißt du Bescheid."

„Aber ich ...", sagte ich. Die Weissagung erschien mir einfach lächerlich. Niemals konnte ein zehnjähriges Mädchen stärker sein als der Fürchterliche. Niemals würde ich ihn besiegen.

„Nur wenige Tage bevor Alin gefangen wurde, gab er mir diesen Ring", sagte die Frau des Schmieds, und sie griff in ihre Tasche und zog einen Ring heraus, und das Licht der Abendsonne spiegelte sich in seinem Gold und ließ Edelsteine funkeln. „Dieser Ring, sagte er, ist für den Kühnen Kämpfer bestimmt, der zu uns durch den Spiegel kommen wird, um den Fürchterlichen zu besiegen. Er ist ein Spiegelring und

wird ihn beschützen in der Stunde der Gefahr. – Du bist durch den Spiegel gekommen. Der Ring gehört dir."
Und sie streifte ihn mir über den Ringfinger der rechten Hand, und er saß, als wäre er für mich geschmiedet worden: Ein goldener Ring, der aus zierlichen Zweigen gewunden war wie der Spiegel, und ein roter Stein funkelte über einem weißen.
„Ist der schön!", flüsterte ich. Ich sah in das Feuer des roten Steins, und einen Augenblick lang glaubte ich wirklich, mit ihm gegen Evil bestehen zu können. „Aber was kann er? Der Ring?"

Die Frau des Schmieds zuckte die Achseln. „Das hat mein Mann nicht mehr gesagt", sagte sie. „Nur, dass er ein Spiegelring ist. Verstehst du, wir wussten ja nicht, dass der Fürchterliche Alin holen würde. Und wie bald. Alles, was er mir gesagt hat, habe ich dir schon erzählt: Der Kühne Kämpfer soll ihn tragen, der durch den Spiegel kommt. Du wirst selbst herausfinden müssen, was der Ring für dich tut."
Eine kleine Sekunde lang hatte ich die Hoffnung, dass ich mit dem Ring zurück nach Hause könnte, wie es mit dem Spiegel möglich gewesen war. Aber ich wusste doch, dass es selbst im Märchen so niemals ist. Jedes Ding hat seinen eigenen Zauber und seine eigene Kraft, und noch immer war ich im Land-auf-der-anderen-Seite gefangen.
Aber ich war auch immer noch der Kühne Kämpfer.
„Und du glaubst wirklich, mit dem Ring kann ich Evil besiegen?", fragte ich, und nachdem der Sturm sich gelegt hatte und der Donner verklungen war, nahm die Frau des Schmieds meine Hände in ihre.
„Du wirst herausfinden müssen, was der Ring für dich tut", sagte sie wieder. „Aber du musst dich nicht fürchten. Denn mit

dem Spiegel trägst du ja immer das Tor zu deiner eigenen Welt bei dir. Was sollte der Fürchterliche dir tun? Du kannst ja immer zurück."

„Nein, ich habe den Spiegel ...", sagte ich verzweifelt, aber bevor ich ihr alles erklären konnte, sprach sie schon weiter.

„Mein Mann war so glücklich, als er den Spiegel geschmiedet hatte", sagte sie. „Der Ring ist mächtig, sagte er, aber es ist der Spiegel, der den Kühnen Kämpfer vor jeder Gefahr schützen kann. Solange er den Spiegel bei sich trägt, kann der Fürchterliche ihm nichts anhaben. Mit dem Spiegel kommt und geht der Kämpfer, wie er will."

„Dein Mann hat auch den Spiegel geschmiedet?", fragte ich und wilde Hoffnung loderte in mir auf; bis mir wieder einfiel, dass ja auch Alin gefangen war und mir keinen zweiten mehr schmieden konnte.

„Nur mit dem Spiegel kann es ja überhaupt gelingen, den Fürchterlichen zu besiegen", sagte die Frau des Schmieds. „Das hat Alin gesagt: Wie sollte ein Mensch sonst den Häschern entkommen? Wo soll er sich verbergen, wenn selbst das Land auf der Seite des Schrecklichen ist und jeder Stein und jeder Strauch dem Kämpfer die Hilfe verweigert? Nur wenn er zurückkann in seine Welt, wann immer es nötig ist, kann der Kämpfer den Grausamen besiegen."

Da legte ich meinen Kopf auf den Tisch und weinte und weinte, und ich dachte, dass ich in meinem ganzen Leben nicht so viel geweint hatte wie in diesen beiden Tagen im Land-auf-der-anderen-Seite.

Und ich wusste nicht, ich ahnte nicht einmal, dass dies alles erst der Anfang war. So dumm war ich damals.

13.

Immer noch die Kühne Kämpferin

Den Spiegel?", rief die Frau des Schmieds, und der Schrecken in ihrer Stimme war so groß, dass ich spürte: Jetzt war für sie nichts mehr sicher. „Du hast den Spiegel verloren?"

„Heute Nacht", sagte das Kaninchen, weil ich vor lauter Schluchzen nicht antworten konnte. „Auf der Steinigen Steppe. Du musst doch verstehen, dass es nicht einfach war, den Häschern zu entkommen. Und sie ist noch ein Kind! Da ist es nicht immer leicht, ein Kühner Kämpfer zu sein."

„Ich dachte, wir könnten ihn suchen", flüsterte ich. „Ich dachte, wenn es hell wird, könnten wir ihn suchen! Aber nun habe ich den ganzen Tag geschlafen und jetzt ist es schon bald wieder dunkel."

Die Frau des Schmieds strich über mein Haar. „Armes kleines Mädchen", sagte sie. „Armes, armes kleines Mädchen."

Dann wandte sie sich an das Kaninchen. „Aber du solltest wissen", sagte sie zornig, „dass euer Plan ganz unmöglich ist. Bei Tag sehen euch die Häscher auf der Steppe meilenweit. Und bei Nacht ist es zu dunkel." Und wieder strich sie über mein Haar.

„Der Spiegel ist verloren", sagte sie. „Du wirst es ohne ihn schaffen müssen."

Ich suchte in meiner Hosentasche nach einem Taschentuch.

„Ich weiß doch nicht wie!", sagte ich und schnäuzte mich.

Die Frau des Schmieds seufzte. „Du hast immer noch den Ring", sagte sie. „Und von jetzt an tust du es nicht mehr nur für uns: Auch deine einzige Möglichkeit, jemals in deine Welt zurückzukehren, ist ja, dass du den Fürchterlichen besiegst. Nur dann kannst du deinen Spiegel zurückbekommen."

„Sie hat Recht", seufzte das Kaninchen. „So ist es nun wohl. Sie hat Recht."

„Und du bist immer noch die Kühne Kämpferin", sagte die Frau des Schmieds und lächelte mich an, und ich verstand, dass ihr Lächeln mir Mut machen sollte. „Von der Prophezeiung verheißen seit undenklichen Zeiten. Du bist durch den Spiegel gekommen, wie die Prophezeiung es sagt, von Westen im Morgenrot: Und darum wirst du ihn besiegen." Sie sah mir fest in die Augen. „Hör zu, kleines Mädchen", sagte sie. „Vielleicht wird es nicht leicht. Aber seit undenklichen Zeiten sagt uns die Verheißung, dass ein Kühner Kämpfer das Land befreien wird von Evil dem Fürchterlichen." Über dem Donner sprach sie weiter, und der Sturm riss an ihren Haaren. „Dass er ihn aufspüren wird und schließlich besiegen. Warum sollte die Prophezeiung nicht mehr gültig sein, nur weil du den Spiegel verloren hast? Die Weissagung gilt noch immer, und du wirst ihn besiegen. Du bist der Kühne Kämpfer, und wie auch immer es dir gelingen wird: Das ganze Land weiß, dass du ihn besiegst."

Da spürte ich, wie mein Mut zurückkehrte. „Glaubst du das auch, Kaninchen?", fragte ich.

Das Kaninchen hatte sich unter die Bank gelegt und sah aus, als wolle es schon wieder schlafen.
„Wie bitte? Was?", fragte es und schreckte hoch. Da lachte die Frau des Schmieds und ich lachte mit.
So dumm war ich damals.

14.

Der Wald ohne Wiederkehr

Also aß ich noch einmal und trank auf der Wiese hinter der Schmiede, und als der Mond schon hoch am Himmel stand, eine große, kaltweiße Scheibe, machte ich mich auf den Weg.
„Du musst nach Osten wandern, kleines Mädchen", sagte die Frau des Schmieds zum Abschied. „Durch den Wald ohne Wiederkehr. Und ich werde hier sein und warten."
„Wald ohne Wiederkehr?", sagte ich erschrocken.
Die Frau des Schmieds sah zu Boden. „Niemals ist einer zurückgekommen, der den Weg durch den Wald gewagt hat", sagte sie. „Denn alles, was in ihm lebt, und alles, was jenseits seiner Grenzen liegt, ist fest in der Hand des Fürchterlichen. Darum wissen wir nur aus den alten Geschichten, was den Kühnen Kämpfer jenseits des Waldes erwartet: der Reißende Fluss und das Liebliche Land, bis er in den Bergen des Bösen schließlich die Burg finden wird. Dann ist er am Ziel."
„Aber du weißt doch, dass ich erst zehn bin!", sagte ich, obwohl ich ihre Antwort kannte. „Lass mich bei dir bleiben!"
„Ein Kühner Kämpfer, bewaffnet nur mit seinem Mut", sagte

die Frau des Schmieds. „Aber du hast ja auch noch den Ring. Glaub nur fest daran, dass die Prophezeiung dir die Kraft geben wird. Glaub daran, wie ich daran glaube.″

Im Gras nieste das Kaninchen. „Auf, auf, auf!″, sagte es ungeduldig. „Gerede hat noch keinem geholfen. Natürlich ist sie klein und mickrig, aber wie du schon sagst: Sie muss die Prophezeite sein, und da müssen wir es wagen. Es bleibt uns eben nichts anderes übrig″, und dann nieste es wieder.

„Aber wenn ich mich verlaufe?″, fragte ich. „All diese Berge und Ebenen und Flüsse, und ich habe nicht mal einen Plan!″

In Erdkunde haben wir mal das U-Bahn-Netz gelernt, die blaue Linie und die gelbe Linie und die rote Linie. Das war zuerst ziemlich schwierig, vor allem, weil man immer verstehen sollte, wo man umsteigen muss, aber nachher war es doch alles sehr praktisch. Weil man immer weiß, wo man ist. So was hätte ich jetzt auch gerne gehabt.

„Jenseits des Waldes liegt das Letzte Gehöft″, sagte die Frau des Schmieds. „Dort wird man dir helfen. Die Bewohner sind keine Geschöpfe des Bösen, aber seit undenklichen Zeiten haben sie gelernt, ganz in seiner Nähe zu leben. Sie werden dir den Weg erklären und Essen geben für die lange Wanderung. Leb wohl, kleines Mädchen. Kühne Kämpferin, leb wohl.″

Da machte ich mich mit meinem Korb auf den Weg; aber unter den ersten Bäumen am Waldrand blieb ich noch einmal stehen und sah zurück. Vor der Ruine, über der Flammen den Nachthimmel färbten, stand die Frau des Schmieds und winkte mir nach. Jetzt war ich ganz allein.

„Kaninchen?″, sagte ich. Der Mond schien durch die Kronen der Bäume und über dem Wald lag ein fahles Licht, hell fast wie am Tag. „Kaninchen, glaubst du, ich kann es schaffen?″

„Was soll das dumme Geschwätz!", sagte das Kaninchen und hüpfte voraus. „Wir werden es sehen. Bei diesem Tempo allerdings wird es seine Zeit brauchen!", und es verschwand hinter einer Biegung. Ich lief ihm nach, froh, dass ich den Weg nicht selber finden musste.
An den verlorenen Spiegel durfte ich nicht denken, sondern nur an die Weissagung. Denn das weiß doch jeder, der Märchen kennt: Weissagungen erfüllen sich immer, sogar wenn man glaubt, sie sind Quatsch. Bei Dornröschen zum Beispiel, da denkt man doch auch: Wie soll eine denn hundert Jahre lang schlafen, da ist sie ja tot.

Aber dann kommt eben doch dieser Prinz und küsst sie wach, und auch noch genau am richtigen Tag. So ist es mit Weissagungen immer.
Und darum musste ich jetzt gar keine Angst haben. Wenn die Prophezeiung versprach, dass ich Evil besiegte, würde ich ihn auch besiegen, mit Spiegel oder ohne. Wenn alles vorherbestimmt war, konnte gar nichts mehr schief gehen. Wenn ich nach Osten ging, würde ich Evils Burg finden, und wenn ich nach Westen ging, auch; im Norden würde sie auf mich warten wie im Süden, und eigentlich konnten mich sogar die Häscher fangen: Denn wenn die Weissagung sagte, dass ich Evil besiegte, würden sie mich vorher nicht töten. Wenn man es richtig bedachte, war ich überhaupt nicht in Gefahr.
„Kaninchen?", brüllte ich.
Vor meinen Füßen zischte jemand.
„Geht es noch lauter?", zischte das Kaninchen. „Willst du ganz sichergehen, dass die Häscher dich greifen? Meinst du, ohne dass du sie auf unsere Spur führst, finden sie uns nicht?"
„Oh, entschuldige bitte!", sagte ich, und dann dachte ich, dass

das Kaninchen doch eigentlich auch verstehen musste, warum wir nicht wirklich in Gefahr waren. „Aber ich hab mir gedacht, was macht es schon, wenn sie mich finden? Dann bringen sie mich direkt zu seiner Burg und ich spare mir die lange Wanderung und die Ebenen und Flüsse und Berge. Das wäre doch praktisch! Und besiegen tu ich ihn ja sowieso", sagte ich, und ich wartete, dass das Kaninchen mir verblüfft zustimmen würde.

Aber es dachte nicht daran.

„Wie kann man nur so dumm sein!", flüsterte es. „Mein Gott, das ist wirklich eine Strafe für mich! Wie kann man nur so grenzenlos, unsagbar dumm sein!"

Aber solche Beleidigungen darf man sich nicht gefallen lassen. Katja hab ich sogar schon einmal eine reingehauen.

„*Du* bist doch dumm!", sagte ich und packte das Kaninchen am Nackenfell. Dann hob ich es hoch, bis ich ihm in die Augen gucken konnte. „Und du verstehst gar nichts! Ich bin der Kühne Kämpfer! Und wenn die Prophezeiung mich dazu bestimmt hat, was soll schon passieren?"

Das Kaninchen starrte zurück, und es zappelte nicht mal mit den Beinen.

„Dumm!", sagte es dann mitten in meine Augen hinein. „Begreift gar nichts. Aber das habe ich mir natürlich selbst eingebrockt." Dann zappelte es doch. „Lass mich wenigstens runter!", zischte es. „Lauf wenigstens hinter mir her. Und sei wenigstens leise", und sobald seine Pfoten den Boden berührten, war es auch schon wieder zwischen den Stämmen verschwunden.

Ich rannte hinterher und ärgerte mich. „Wirst du schon alles noch sehen!", schnaufte ich. Ich würde es ihm noch beweisen.

15.

Die Lichtung

Erst in der Morgendämmerung kamen wir an eine Lichtung.

„Hier kannst du jetzt schlafen", sagte das Kaninchen und zeigte auf einen Strauch, dessen hängende Zweige eine Höhle bildeten. „Und ich bleibe wach und wecke dich auf, wenn es Zeit ist zu gehen." Seine Stimme klang immer noch böse.

Ich musste gähnen. „Du kannst dich ruhig auch schlafen legen", sagte ich. „Ich wache schon rechtzeitig auf. Die Prophezeiung wird schon dafür sorgen."

Das Kaninchen schnaubte, dass seine Barthaare zitterten. „Ja, darauf warte du nur!", sagte es. „Darauf warte du nur!"

Und plötzlich verstand ich, dass das Kaninchen vielleicht nur so unfreundlich war, weil es Angst hatte. Schließlich war ja nur *ich* der Kühne Kämpfer, und die Prophezeiung sagte kein Wort darüber, was mit einem Kaninchen passieren würde, das den Kühnen Kämpfer begleitet. Das Kaninchen kam in der Prophezeiung nicht vor.

„Komm, ruh dich auch aus", sagte ich darum freundlich.

Vielleicht konnte man schon ein bisschen verstehen, dass das

Kaninchen unruhig war. Dass ich Evil besiegen würde, stand seit alters her fest: Aber niemand konnte ja sagen, was mit dem Kaninchen geschah. Die Prophezeiung konnte in Erfüllung gehen, auch wenn die Häscher es fingen. Sie konnte in Erfüllung gehen, auch wenn Evil es tötete.

„Du musst keine Angst haben!", flüsterte ich und wollte dem Kaninchen über den Rücken streichen. „Ich pass gut auf dich auf!"

Aber das Kaninchen hüpfte zur Seite.

„Du!", zischte es. „Auf mich! Da könnte ich gleich dem nächsten Häscher vor die Speerspitze laufen!"

Da begriff ich, dass die Angst es böse und ungerecht gemacht hatte, wie Angst das manchmal tut. Ich hab Assal vor der letzten Deutscharbeit ja auch angebrüllt, als sie immer wieder versucht hat, mir zu erklären, was ein Dativobjekt ist und was ein Akkusativobjekt. Und woran man die erkennt. Aber ich hab kein Wort verstanden, und da hat es geläutet und wir mussten in die Stunde gehen, und ich hab gewusst, dass diese Arbeit wieder nichts wird, und dabei war die letzte auch schon nicht so gut gewesen. Da hab ich Assal ganz laut angeschrien.

„Du kannst ja überhaupt nicht erklären!", hab ich gebrüllt. „Wie kann man nur so blöde sein!"

Und dabei hab ich die ganze Zeit gewusst, dass ich ungerecht war. Es war ja schließlich nicht Assals Schuld, dass ich Grammatik so schwierig finde. Aber ich hatte so schreckliche Angst. Und darum weiß ich, dass Angst gemein machen kann und ungerecht, und ich beschloss, dem Kaninchen nicht böse zu sein.

„Ja, bitte, weck mich rechtzeitig auf", hab ich darum gesagt. Dann hab ich schon fast geschlafen. Und wieder am Tag.

16.

Die Höhle

Als das Kaninchen mich weckte, war es immer noch hell. Die Sonne schien auf die Lichtung, und Schmetterlinge flatterten über einen Teppich bunter Blumen. Ein Bach plätscherte versteckt durch das hohe Gras, und von ferne rief ein Kuckuck. Es war fast so schön, dass es wehtat.

„Und das soll der Wald ohne Wiederkehr sein?", fragte ich und kroch aus meiner Höhle unter den Zweigen. „Oder sind wir schon durch?"

„Durch!", schnaubte das Kaninchen. „Na, du hast Vorstellungen!"

Ich zwang mich, daran zu denken, dass es einfach nur Angst hatte.

„Und jetzt probier ich mal aus, was der Ring alles kann", sagte ich. „Bevor wir wieder den Häschern begegnen. Findest du auch, ich sollte das tun?"

Das Kaninchen zuckte mit den Achseln, wirklich, das tat es. „Tu, was du willst", sagte es unfreundlich. Dann streckte es sich neben mir auf dem Waldboden aus.

Und ich zog den Ring von meinem Finger und sah ihn mir an. Winzige Zweige aus Gold glänzten um einen rötlichen Stein, der das Licht der Sonne aufsog, und über ihm schimmerte kalt ein weißer Stein.
„Der Mondstein", sagte das Kaninchen, als hätte es meinen Blick bemerkt. „Der Mondstein weiß und der Sonnenstein rot."
„Aha", sagte ich.
Ich drehte den Ring vor meinen Augen und ich sah, dass es kein gewöhnlicher Ring war, und ich spürte, dass es kein gewöhnlicher Ring war; aber was er bewirken konnte, wusste ich nicht.

„Der Ring des Schmieds", sagte das Kaninchen. „Soweit ich weiß, ist er in keiner Prophezeiung erwähnt. Aber pass trotzdem gut auf ihn auf. Pass um Himmels willen gut auf ihn auf! Es ist schon schlimm genug, dass du den Spiegel verloren hast."
Der Spiegel und der Ring. Immer hatte der Schmied dasselbe Muster gewählt.
„Wahrscheinlich muss man ihn drehen", sagte ich. „Das ist doch meistens so, Kaninchen. Man dreht einen Ring, und dann erkennt man seinen Zauber", und ich drehte den Ring rechtsherum und linksherum an meinem Finger; aber nichts geschah, gar nichts.
„Vielleicht muss man dabei etwas wünschen?", sagte ich. „Vielleicht muss man ihm sagen, was man will?" Und ich dachte an all die vielen Wunschringe, von denen man gehört und gelesen hat, und beschloss, es zu probieren.
„Fliegen!", sagte ich. „Ich möchte bitte fliegen!", weil man doch höflich sein soll: Aber meine Füße standen fest auf der Erde, und am Himmel zwitscherte vergnügt eine Amsel.

„Unsichtbar sein?", fragte ich vorsichtig. „Ginge das denn vielleicht?"
Und ich sah schnell hin zum Kaninchen, ob es vielleicht gleich voller Panik zusammenzuckte und schrie.
„Mein Gott, ich seh dich nicht mehr!", musste es schreien. „Wo bist du, wo bist du?" So ist es doch immer im Märchen.
Aber das Kaninchen schüttelte nur müde seinen Kopf.
Ich dachte nach. Natürlich wäre es wunderbar gewesen, fliegen zu können oder unsichtbar zu sein, aber es gab ja noch andere Möglichkeiten.
„Vielleicht macht der Ring stark!", sagte ich.
Vielleicht hatte der Schmied sich ja überlegt, welche Eigenschaft ich am dringendsten brauchte, wenn ich gegen Evil kämpfen wollte. „Bestimmt macht er stark!"
Und ich hob einen Ast vom Boden, den der Sturm vom Baum geschlagen hatte, und versuchte, ihn zu zerbrechen; ich versuchte, einen Felsbrocken über die Wiese zu rollen, und danach, ihn zu stemmen: Aber ich war nicht stärker als sonst.
„Was denn dann?", fragte ich entmutigt. „Was könnte es sonst sein, Kaninchen?"
„Dass der Ring klug macht, brauchen wir gar nicht zu hoffen", sagte das Kaninchen höhnisch. „Jede Hoffnung wird irgendwo Wahnsinn."
Da war ich so enttäuscht, dass ich ihm noch nicht einmal böse war.
„Vielleicht braucht man ja auch einen Zauberspruch!", sagte ich. „Wenn man ihn dreht! Nur ist der Schmied nicht mehr dazu gekommen, ihn seiner Frau zu verraten. Weil sie doch nicht wussten, dass der Fürchterliche kommen würde und wie bald."

Darum versuchte ich es mit Hokuspokus und mit Abrakadabra, aber ich wusste schon, während ich sie sagte, dass sie nicht helfen würden. Denn das waren Sprüche aus dem Märchen; aber dies hier war die Wirklichkeit.
Am Himmel über mir hörte ich einen Schrei, und als ich hochsah, kreiste dort der große Vogel. Ruhig und mit ausgebreiteten Schwingen zog er seine Kreise, und als hätte er meinen Blick gesehen, stieg er auf mit wenigen Schlägen seiner kräftigen Flügel, bis er nur noch ein winziger Punkt war im Blau. Er hatte gesehen, was er sehen wollte.

„Schon wieder der Spion, Kaninchen", sagte ich.
Das Kaninchen schüttelte ärgerlich den Kopf. „Angst?", fragte es böse. „So ängstlich auf einmal? Ich dachte, dir kann gar nichts passieren? Weil die Prophezeiung es sagt?"
„So ist es ja auch!", sagte ich böse, und ich ärgerte mich, dass ich es so leicht vergaß.
Auch wenn der Vogel mich verriet, würde es Evil nichts nützen. Ich war ausgezogen, ihn zu besiegen; und das würde ich tun.
Ich sah über die Lichtung, und noch immer spielten die Schmetterlinge, und noch immer trällerte die Amsel hell über dem Plätschern des Baches. Aber auf einmal spürte ich, dass da noch etwas anderes lauerte hinter all dieser Schönheit, und ich wusste, dass wir jetzt besser gingen.
„Lass uns aufbrechen, Kaninchen", sagte ich unruhig. „Wenn der Vogel uns entdeckt hat, kommen sicher gleich die Häscher. Lass uns gehen, solange es hell ist."
„Lass uns gehen, solange es hell ist!", äffte das Kaninchen mich nach. „Kannst du dich vielleicht irgendwann entscheiden, ob du nun unverwundbar bist oder nicht?"
Aber ich kam nicht mehr dazu, ihm zu antworten.

Aus der Ferne hörten wir ein dumpfes Grollen, und während es näher kam, bedeckte sich der Himmel, und ein Sturm beugte die Stämme bis auf den Boden.
„Die Häscher!", flüsterte ich.
Der Vogel hatte uns verraten.
„Also nicht unverwundbar?", sagte das Kaninchen höhnisch, während es schon auf den Waldrand zujagte. „Ich hab`s ja geahnt. Auf einmal ist sie nicht mehr so mutig!"
Und das war die Wahrheit. Plötzlich verstand ich, dass es leicht ist, mutig zu sein, wo keine Gefahr ist; auf einer Lichtung in der Sonne glaubt man leicht an Prophezeiungen. Viel schwerer ist es, darauf zu vertrauen, wenn die Häscher sich nähern und der Boden dröhnt unter den Hufen ihrer Pferde.
„Ich bin der Kühne Kämpfer!", flüsterte ich. „Ich bin es! Ich!"
Aber der Himmel war so schwarz und der Sturm war so heftig; und zwischen den Stämmen hallten schon die Schreie der Häscher.
„Nun komm schon, nun komm!", brüllte das Kaninchen.
Es mochte ja sein, dass ich Evil besiegen würde, wenn ich ihn traf: An der Prophezeiung wollte ich nicht zweifeln. Aber nichts war darüber gesagt, was vorher mit mir geschehen konnte; und als ich ihre Schreie hörte, umklammerte die Angst vor den Häschern mein Herz. Vor ihren schwarzen Rüstungen und ihren wilden Schreien hatte ich Angst; und auch vor den Lanzen, mit denen sie mich aufstöbern, vor den Schwertern, mit denen sie mich schlagen, und vor den Kerkern, in die sie mich werfen würden.
Die Weissagung wusste, dass ich Evil besiegen würde; aber sie wusste nicht, wann; und auch nicht, was davor mit mir geschah.

„Renn schneller!“, schrie das Kaninchen. „Versteck dich!“

Und da endlich begriff ich, warum der Wald *Wald ohne Wiederkehr* hieß. Denn wo sich eben noch Pfade geschlängelt hatten zwischen den Stämmen, streckten plötzlich die Bäume ihre Äste nach mir aus; sie griffen nach mir wie mit Armen, und in ihren Kronen erklang ein grausames Gelächter.

„Du entkommst uns nicht!“, raunten die Bäume, und im Sturm beugten sich die Äste zu mir herab und sie streckten ihre Zweige nach mir aus wie gierige Finger. „Uns ist noch keiner entkommen!“

Da riss ich mich los und rannte zurück über die Wiese; aber auch das Gras schnitt in meine Knöchel wie mit Klingen, und wo eben noch der Bach geplätschert hatte, toste jetzt ein reißender Strom. Dies war der Wald ohne Wiederkehr, und in meinem Kopf dröhnten die Worte der Frau des Schmieds: Alles, was in ihm ist, und alles, was jenseits von ihm ist, hat der Fürchterliche in seiner Gewalt.

Sie alle waren seine Geschöpfe, die Bäume und die Sträucher, die Gräser und der Bach. Sie alle halfen den Häschern, uns zu fangen.

„Es hat keinen Sinn!“, schrie das Kaninchen. „Ich jedenfalls werde ihnen nicht ...“, und bevor es den Satz zu Ende gesprochen hatte, verschwand es schon unter der Erde.

„Kaninchen!“, brüllte ich.

Aber es war schon zu spät. Zwischen den Stämmen sah ich die dampfenden Leiber der Pferde.

„Ho! Ho!“, schrien die Häscher. „Da steht sie! Ein Mädchen, ein Mädchen! Greift sie und führt sie vor Evil, wie er es befahl!“

Meine Angst war so groß, dass meine Beine mich kaum tragen

wollten, aber ich lief und ich schrie. Und in der Wiese hoben sich die Wurzeln der Bäume wie Fußangeln, lebendige schwarzbraune Schlangen, die nach meinen Knöcheln griffen, um mich zu Fall zu bringen; und ich brüllte so laut, dass mein Schrei fast das Donnern der Hufe übertönte. Ich hörte das Keuchen der Pferde und roch den Schweiß ihrer schweren Körper und sah, wie ihr Schatten über mich fiel. Jetzt gab es keine Rettung mehr.

Aber noch ehe sie mich packen konnten, raste plötzlich der Boden auf mich zu und das Gras begann zu wachsen, und vor mir lag unerklärlich der Eingang zu einer Höhle, tief und schwarz.
Und während sie mich aufnahm, jagten die Pferde vorbei. Ein Häscher schrie laut und ein Pferd wieherte vor Schmerz, als es stürzte; zu Fall gebracht von einer Wurzel, die eben noch nach mir gegriffen hatte.

Ich aber saß im schützenden Dunkel der Höhle und schloss die Augen und sog tief den Geruch der Erde ein, die mich umgab. Und ich verstand nicht, was geschehen war.

17.

Der Zauber des Fürchterlichen

Erst als draußen die Schreie verklungen waren, öffnete ich meine Augen. Noch lange hatten die Häscher nach mir gesucht. „Sie ist verschwunden!", hatte der erste gebrüllt.
„Umzingelt die Lichtung! Kreist sie ein! Lasst sie nicht entkommen!", hatten die anderen geantwortet.
Dann hatte ich gehört, wie sie von ihren Pferden sprangen, den metallischen Klang ihrer Rüstungen und wie sie über die Lichtung stampften und nach mir suchten; und ich hatte den Unglauben und den Zorn in ihren Stimmen gehört, als sie begriffen, dass sie mich verloren hatten.
„Sie ist uns entkommen!", hatte der erste gebrüllt. „Sucht überall! Sucht unter den Sträuchern! Sucht hinter den Stämmen der Bäume! Sucht überall!"
„Sucht tief unter der Erde!", riefen sie nicht; und ich hatte auf dem Boden der Höhle gehockt mit geschlossenen Augen und bebendem Herzen und den Geruch der Erde eingesogen.
Aber jetzt waren die Häscher fort und Stille lag über der Lichtung; sie waren davongeritten mit wütendem Grölen, und in

ihrem Zorn hatten sie die Pferde gepeitscht, dass ihr schmerzvolles Wiehern mir noch immer in den Ohren hallte.
Ich öffnete die Augen. Schon wieder war mir etwas geschehen, das ich nicht verstand. Die Höhle, in der ich hockte, war dunkel, und die schwarzbraune Erde zerbröckelte unter meinen Händen. Wo war ich? Wo war ich? „Kaninchen?", flüsterte ich. Aber ich wusste, dass ich allein war.
Was war nur geschehen? Ich strich über die Wände der Höhle, und feuchte Erde bröselte unter meinen Fingern und rieselte zu Boden.
„Kaninchen?", flüsterte ich wieder.
Wie hatte ich nur jemals glauben können, ich hätte keine Angst! Noch immer schlug mein Herz so wild, und was die Prophezeiung versprach, war mir ganz egal. Ich hatte Angst vor den Häschern, so furchtbare Angst!
Und wenn schon seine Häscher so grausam waren, so wild und so schrecklich: Wie würde dann erst der Fürchterliche selbst sein, den ich doch besiegen sollte?
„Ich will das alles nicht!", flüsterte ich. „Ich will kein Kühner Kämpfer sein!" Und ich fühlte mich unendlich allein.
„Mädchen?", rief da eine bekannte Stimme, und ich war so froh, sie zu hören. „Kämpferin? Anna?"
Und zum ersten Mal hörte ich Sorge in der Stimme, als sie murmelte: „Oder sollten sie sie doch gefangen haben? War all ihr Fluchen nur Täuschung? Wo könnte sie sein?"
„Kaninchen!", schrie ich, aber ich wusste, dass die Wände der Höhle meine Rufe erstickten. „Warte, ich komme!"
„Sie ist doch noch ein Kind!", jammerte draußen das Kaninchen. „Ich hätte es wissen müssen! Ich bin schuld! Ich hätte ihr längst ..."

Da hatte ich den Ausgang erreicht, und einen Augenblick lang glaubte ich, den Verstand verloren zu haben. Vor mir lag die Wiese, und darüber schien hell die Sonne, als hätte es die Häscher nie gegeben. Aber all das war auf einmal so riesig und jeder Grashalm so hoch wie ein Baum, und das Kaninchen war nirgends zu sehen.
„Kaninchen!", brüllte ich.
Riesig und dicht schwankte das Gras über mir, jeder Halm ein Geschöpf des Fürchterlichen, dem er gehorchte im Kampf: in seinem Kampf gegen den Feind, den Kühnen Kämpfer. Und so war das Gras in den Himmel gewachsen, und zwischen den Halmen stand ich, hilflos und klein.
Da hörte ich ein furchtbares Krachen, und die Stämme des Grases brachen unter wuchtigen Schritten; und ein gewaltiges Geschöpf rannte direkt auf mich zu.
„Also hier hast du gesteckt!", brüllte das Kaninchen, als das Knacken der geborstenen Halme verklungen war. „Du meine Güte, wie ist denn das passiert! Na, jetzt wird es lustig!"
Und als ich aufsah, stand es vor mir, noch höher als das Gras und so wuchtig wie ein Berg.
„Wunderbar, allerbesten Dank", sagte das Kaninchen, und sein Atem blies mich fast zurück in meine Höhle. „So haben wir alle uns den Kühnen Kämpfer immer vorgestellt. Ein radieschenkleiner Zwerg! Es wird schlimmer und schlimmer."
„Kaninchen, ich weiß auch nicht!", flüsterte ich. „Ich bin einfach irgendwie ..."
„Geschrumpft!", sagte das Kaninchen, und als es seinen Kopf über mich beugte und mich beschnupperte, riss mich sein Schnurrhaar fast um. „Ja, ja, das sieht man. Du meine Güte, wie konnte das denn passieren? Haben seine Häscher dich er-

wischt? Haben sie dich berührt mit ihren Lanzen? Wie konnte der Fürchterliche dich so verwandeln!"
„Ich bin ja ganz winzig!", flüsterte ich.
„So bist du natürlich keine Bedrohung mehr für ihn!", schnaubte das Kaninchen, und mein Haar wehte im Sturm seines Atems. „Das hat er ja gut hingekriegt!"
„Aber so konnte ich mich vor den Häschern verstecken!", sagte ich und zeigte auf meine Höhle, die viel zu klein war für ein Kaninchen. „Aber so haben sie mich nicht gegriffen!"
Das Kaninchen schnaubte wieder, und diesmal riss mich sein Atem zu Boden. „Wenigstens ein Trost!", sagte es böse.
„Versteckt sich in einem Mauseloch! Ein Kühner Kämpfer! Ich kann den Spott jetzt schon hören!"
„Ist mir doch egal!", brüllte ich und rappelte mich auf. „Wenigstens bin ich am Leben!"
Und ich dachte, dass ich jetzt nicht anfangen durfte zu grübeln. Ich durfte nicht darüber nachdenken, wie winzig ich war. Wenn ich zu grübeln begann, war ich verloren. Denn der Fürchterliche hatte mich verzaubert, und niemand konnte mir helfen: Aber noch war ich am Leben, und noch immer galt die Prophezeiung.
„Dann muss ich ihn eben besiegen", sagte ich, und meine Stimme zitterte dabei. „Wie die Weissagung es weiß. Dann sehen wir weiter."
„Dann sehen wir weiter?", brüllte das Kaninchen. „Und wie willst du das machen? An seinem Hosenbein hochkrabbeln bis in seinen Bart und ihm ins Ohr brüllen, dass du gekommen bist, um mit ihm zu kämpfen? Ich bin sicher, er fällt vor Angst tot um."
„Hör auf, Kaninchen!", sagte ich. „Ich weiß es doch auch

nicht! Aber wenn doch die Prophezeiung sagt ..."
„Die Prophezeiung!", brüllte das Kaninchen und drehte sich im Kreis, als wolle es seinen eigenen Stummelschwanz jagen. „Die Prophezeiung!"
„Woran soll ich denn sonst jetzt noch glauben?", sagte ich leise.
Das Kaninchen hielt an und schnaufte, so erschöpft war es von seinem Tanz.
„Jetzt ist schon alles egal", sagte es und ließ sich ins Gras fallen, dass der Boden unter meinen winzigen Füßen bebte. „Noch schlimmer kann es nicht kommen."
Und auch wenn das sonderbar klingt: Das war mir ein Trost.

18.

Der Ritt auf dem Kaninchen

Einen Vorteil, hatte das Kaninchen gesagt, hätte meine Größe natürlich: Wir würden jetzt schneller vorankommen. Denn so ein kleiner Mensch auf seinem Rücken störe fast gar nicht; und wenn es nicht mehr auf meinen langsamen Schritt Rücksicht nehmen musste, konnten wir vielleicht schon bei Einbruch der Dunkelheit den Wald verlassen und das Letzte Gehöft erreichen.

Ist jemand schon einmal auf einem Kaninchen geritten? Ach, ich weiß ja, wie ich selber über diese Frage gelacht hätte – damals, in meinem anderen Leben, als mein einziger Kummer meine Mathenote war und ob Katja noch meine Freundin sein wollte. Als ich noch genauso war wie alle anderen, gerade richtig groß – nein, vielleicht ein winziges bisschen zu klein, aber trotzdem.

Jetzt war ich so winzig, dass ich mich auf dem Rücken des Kaninchens tief in sein Fell schmiegen konnte, und es war weich dort und warm, und ich klammerte mich fest.

„Alles in Ordnung?", brüllte das Kaninchen, während es durch den Wald jagte, dass die Stämme vorüberzischten wie im Film. „Alles in Ordnung!", antwortete ich, und dabei wussten wir doch beide, dass nichts, gar nichts in Ordnung war.

Aber man soll niemals aufgeben, hat Mama damals gesagt, als Papa plötzlich seine Sachen gepackt hat und ausgezogen ist zu dieser Frau mit den hässlichen Beinen, die er aus seinem Sportverein kannte.

Natürlich hat Mama da zuerst geweint, und mich hat sie immerzu angebrüllt, als ob ich etwas dafür könnte. Und das konnte ich doch nicht.

Aber dann hat sie sich wieder zusammengenommen. Es hat gar nicht so lange gedauert, da hat Mama sich wieder zusammengenommen, und sie hat gesagt, man soll niemals aufgeben, das muss ich mir merken. Aufgeben ist in jedem Fall Mist.

„Aufgeben kannst du, wenn du tot bist", hat Mama gesagt. „Aber vorher wird erst mal gekämpft. Man muss kämpfen, solange man lebt."

Dann hat sie auch ganz schnell eine Stelle in ihrer alten Firma gekriegt, das hatte sie gar nicht geglaubt, und nach einem halben Jahr hat sie gesagt, sie ist sich noch nicht mal so sicher, ob es ihr jetzt schlechter geht als vorher mit diesem Mann.

Ich war mir aber sicher. Ich wollte Papa zurück.

Darüber konnten wir uns nicht so gut einigen, Mama und ich, aber das mit dem Aufgeben hatte ich mir gemerkt. Und da sieht man doch wieder, dass einem manche Sachen in den unglaublichsten Augenblicken plötzlich nützlich sein können.

„Aufgeben tun wir nicht, Kaninchen", hab ich in das weiche, warme Fell gemurmelt, während mir die Tränen über das Gesicht gelaufen sind. „Aufgeben kannst du, wenn du tot bist. Aber vorher wird erst mal gekämpft", und ich habe gespürt,

wie die Angst in mir wieder gewachsen ist, weil doch Mama mit dem Kämpfen etwas ganz anderes gemeint hatte, als ich es jetzt tat.
Ich musste *wirklich* kämpfen. Gegen Evil den Fürchterlichen musste ich kämpfen, und ich war so klein und so ohne alle Waffen.
Das Kaninchen hielt an und schnaufte.
„Schwer bist du nicht", sagte es. „Nur ständig diese Angst, dass du runterfallen könntest! Ständig diese Angst, dich zu verlieren!"
„Ich pass schon auf!", sagte ich und wischte mir über die Augen.

Das Kaninchen drehte sich zu mir um. „Ach ja?", sagte es. „Wenn du nicht mal aufpassen konntest, dass seine Häscher dich nicht verwandeln? Nur einen Augenblick lasse ich dich allein, nur für eine Sekunde verschwinde ich in einem Bau, und schon bist du geschrumpft! Aufpassen!", und es klang so böse, dass ich am liebsten abgestiegen wäre und allein weitergegangen.
Aber etwas musste ich noch sagen. Schon die ganze Zeit hatte ich nachdenken müssen. Etwas war sonderbar.
„Warum hätten sie das eigentlich tun sollen?", fragte ich. „Seine Häscher? Warum sollten sie mich verwandeln, wenn ich dadurch doch so klein geworden bin, dass sie mich nicht mehr finden konnten? Das ist doch verrückt!"
„Weiß ich, was der Fürchterliche denkt?", sagte das Kaninchen ärgerlich. „Weiß ich, welche Pläne er hat? Dass du als Zwerg keine Gefahr für ihn bist, wird er sich gedacht haben! Dass er dich so leichter besiegt!"
„Aber ich wäre doch auch keine Gefahr gewesen, wenn die Hä-

scher mich gefesselt vor ihn geschleppt hätten!", sagte ich. „In Ketten und ohne jede Waffe! Er hätte mich in seinen Kerker werfen können! Aber jetzt bin ich frei und kann gegen ihn kämpfen."

Das Kaninchen schüttelte so ärgerlich den Kopf, dass ich fast von seinem Rücken fiel.

„Na, davor wird er sich auch fürchten!", sagte es. „Du grübelst zu viel."

Und während ich mich mit beiden Händen fest in sein Fell krallte, um nicht herunterzurutschen, fiel mein Blick auf meine

Hände. Und ich sah wieder den Ring.

„Kaninchen?", murmelte ich. „Glaubst du, der Ring hat vielleicht doch ..."

Und ich zog den Ring vom Finger, und noch während ich ihn abstreifte, spürte ich, wie ich wuchs. Das Gras verschwand wieder unter meinen Füßen, während von oben die Äste der Bäume auf mich zurasten.

„Steig ab!", brüllte das Kaninchen. „Was soll das? Willst du mich zerquetschen?"

„Kaninchen!", schrie ich und packte es am Nackenfell, um ihm genau in die Augen zu sehen. „Ich bin wieder groß!"

„Das hab ich gemerkt", sagte das Kaninchen würdevoll. „Lass mich runter."

Ich starrte auf den Ring in meiner Hand.

„Natürlich war es der Ring!", sagte ich. „Verstehst du denn nicht! Er hat mich gerettet!"

„Ich dachte, das hättest du vorhin alles ausprobiert?", sagte das Kaninchen schnippisch. „Drehen und wünschen und Abrakadabra. Und nichts ist passiert!"

„Vorhin nicht, ja, das stimmt", sagte ich. „Aber als die Häscher dann hinter mir waren. Er hat mich gerettet. Der Ring des Schmieds."

Ich hielt ihn dem Kaninchen hin, und es schnupperte daran, und seine Barthaare stießen sanft gegen meine Hand. Niemals hätte sein Atem mich umblasen können.

„Und wie?", fragte das Kaninchen. „Bitte, wie?"

„Vielleicht ist es ja ein Ring, der seinen Träger klein macht?", sagte ich.

„Warum sollte er?", fragte das Kaninchen. „Vorhin hat er dich jedenfalls nicht klein gemacht."

„Das hatte ich da ja auch gar nicht gewünscht!", sagte ich und setzte den Ring wieder auf; und mein Herz schlug vor Angst, weil ich doch nicht wieder schrumpfen wollte; aber herausfinden wollte ich es schon.

„Na bitte!", sagte das Kaninchen zufrieden. „Nichts ist passiert."

„Mach mich klein!", sagte ich bittend und drehte den Ring. „Mach mich klein!"

Aber der Boden kam nicht auf mich zu, und ich atmete auf.

„Wie ich schon sagte", sagte das Kaninchen, und jetzt klang es sehr zufrieden, „mit dem Ring hatte es gar nichts zu tun. Egal, wie du ihn drehst, du bleibst, wie du bist. Das ist der Beweis. Seine Häscher hatten dich verzaubert."

„Und wieso bin ich dann jetzt wieder groß geworden?", rief ich. „Als ich den Ring abgenommen habe? Wo die Häscher doch überhaupt nicht in der Nähe sind?"

Das Kaninchen zuckte die Achseln, wirklich, das tat es.

„Wahrscheinlich war es ein Zauber auf Zeit", sagte es. „Der nur eine Stunde wirkt oder zwei. Wenn der Fürchterliche seinen Häschern magische Macht verleiht, dann sicher nur auf

Zeit: Damit sie niemals mächtiger werden als er."
„Glaubst du!", sagte ich. Aber vorsichtshalber steckte ich den Ring wieder in meine Hosentasche. Ich hatte keine Lust, plötzlich wieder zu schrumpfen.
Und während wir weiter durch den Wald liefen, das Kaninchen und ich, fühlte ich mich so frei und so leicht. Den Spiegel hatte ich verloren: Aber noch immer besaß ich den Ring des Schmieds. Und wenn ich auch nicht genau wusste, was seine Zauberkraft war: Er würde mir helfen, wenn ich in Gefahr geriet, auch wenn das Kaninchen zweifelte. Er würde mir helfen,

weil die Prophezeiung es wollte. Auf einmal spürte ich wieder große Zuversicht.
„Glaubst du, jetzt ist es noch weit?", fragte ich, als die Dämmerung sich über den Wald legte, bis die Stämme keine Schatten mehr warfen. „Glaubst du, wir erreichen den Hof noch vor der Dunkelheit?"
Und bevor das Kaninchen noch antworten konnte, brach plötzlich der Boden unter mir auf; und mit einem gewaltigen Krachen stürzte ich in die Tiefe.

19.

DIE FALLE

aninchen?", schrie ich, als ich die Augen wieder aufgeschlagen hatte. Ich war noch am Leben. „Kaninchen, bist du auch hier?"

Ich konnte meine Arme bewegen und meine Beine, aber es dröhnte in meinem Kopf, und aus einer Wunde an meiner Hand tropfte Blut. Über mir verwandelte das Grau des Abendhimmels sich langsam in Schwarz. Ich war in eine Fallgrube gestürzt.

Vorsichtig betastete ich Äste und Zweige, die mit mir in die Tiefe gebrochen waren. Gerade als ich mich sicher gefühlt hatte, hatten die Häscher mich geschnappt. Wer konnte sagen, wie viele Fallgruben es schon vorher gegeben hatte, auf dem Weg durch den Wald? Das Kaninchen war leicht, selbst mit mir auf seinem Rücken, und so war es nicht durch die Zweige gebrochen.

„Kaninchen?", flüsterte ich. Aber alles blieb still.

Am Himmel begannen die Sterne zu blinken, und in den Bäumen schrie einsam ein Käuzchen. Dann lugte der Mond zwischen zwei Wolken hervor, und ich sah den Schatten des

großen Vogels, wie er in der Luft über mir stand, und ich begriff, dass seine Augen selbst die Nacht durchdrangen. Da wusste ich, dass sie gleich kommen würden.
Ich kauerte mich tief in einen Winkel und hielt den Ring ganz fest. Wie groß meine Angst auch noch werden würde und was immer auch geschah: Die Prophezeiung sagte, dass ich Evil besiegen würde. Sie würden mich nicht töten.
Dann hörte ich schwere Schritte auf dem weichen Waldboden. Die Häscher waren auf dem Weg. Jetzt gingen sie durch den Wald, um ihre Fallen zu prüfen: Und diesmal hatten sie Beute gemacht.

Die Schritte kamen näher: keine Hufe diesmal, keine Pferde. Die Häscher kamen zu Fuß, um ihre Fallgrube auszunehmen, und ich packte den Ring und drehte ihn um und wartete.
Ich wartete. Vielleicht glaubte ich immer noch, dass der Ring mich unsichtbar machte? Ich weiß es nicht mehr. Ich weiß nur noch, dass ich da saß, ganz allein in der Grube, und wartete, dass die Häscher mich fanden; oder dass der Ring mir half.
Aber diesmal half er mir nicht. Ich begriff, dass ich nicht unsichtbar war, als sich, kaum sichtbar im Dunkel, ein Schatten über die Grube beugte, eine schwere Gestalt, und ein zorniges Lachen ausstieß.
„Nun sieh mal einer an!", sagte eine dröhnende Stimme. „Haben wir wieder einen erwischt! Wen haben wir denn da?"
Und ich fühlte die Spitze einer Lanze an meiner Brust.
„Nun hoch, hoch, hoch!", sagte die dröhnende Stimme, und eine Strickleiter fiel neben mir zu Boden. „Hier hat noch keiner übernachtet!"
Da kletterte ich nach oben, und mein Kopf dröhnte und meine

Hand schmerzte, und ich hoffte noch immer auf den Ring; aber er ließ mich im Stich.
„Na, das ist aber mal eine Überraschung!", sagte der Häscher, als er mich über den Grubenrand zog. „Ein kleines Mädchen! Denkt er, er kann uns übertölpeln? Für wie dumm hält er uns denn?"
Und eine kräftige Hand packte meinen Arm und zerrte mich hoch; dann schleuderte er mich über seine Schulter wie einen Sack.
Er war allein gekommen, ein kräftiger Mann mit grauen Haaren und langem Bart, und er trug nicht die furchtbare Rüstung.
Eine Weste aus Leder trug er und hohe, weiche Stiefel; und ich wunderte mich sehr.

20.

Das Letzte Gehöft

So lief er mit mir durch den Wald in der Dunkelheit, und wenn ich nicht Acht gab, stieß ich meinen Kopf an den Ästen. Er ging schnell, er kannte seinen Weg, und der Ring an meinem Finger war nur ein Ring, der gar nichts bewirkte. Dann endlich schien ein Licht zwischen den Bäumen, ein freundliches warmes Leuchten aus kleinen Fenstern unter einem strohgedeckten Dach, und plötzlich begriff ich auch, wo ich war.

„Das Letzte Gehöft!", rief ich und trommelte auf seinen Rücken. „Du bist gar kein Häscher! Es ist alles ein Irrtum!"

Da lag es vor mir, das Letzte Gehöft, geduckt unter dem Sternenhimmel, und aus seinem Schornstein kräuselte sich freundlich der Rauch, und aus seinen Fenstern fiel warmes Licht, und aus seinen Ställen kamen die ruhigen Abendgeräusche der Tiere.

Dass es so etwas geben konnte, jenseits des Waldes ohne Wiederkehr! Einen Ort, so friedlich und heimelig, mitten in Evils finsterem Land!

„Ich bin ja so froh!", rief ich und versuchte wieder freizukommen. „Wir waren auf der Suche nach euch, das Kaninchen und ich; aber der Wald war so dunkel, und die Häscher haben uns gejagt! Wir hatten schon Angst, den Hof nicht zu finden!"
Da hatten wir das Gehöft erreicht, und der Mann ging zu einem Stall und schlug den Riegel zurück und öffnete die Tür; dann schubste er mich hinein, in einen Raum, dunkel und kalt, in dem es keine Fenster gab und keine Bank zum Ausruhen. Nicht einmal eine Kerze durchdrang hier die Finsternis.
„So, hattest du Angst, den Hof nicht zu finden!", sagte der Mann, und seine Gestalt füllte die Türöffnung. „Dann kannst du dich jetzt freuen!", und er packte meine Hände und fesselte sie und knotete das Tau durch einen Ring in der Mauer.
„Das ist alles ein Irrtum!", schrie ich. „Ich bin der Kühne Kämpfer!"
Aber der Bauer spuckte mir nur vor die Füße. „Wollen wir sehen, wie lange es dieses Mal geht!", sagt er. „Ein kleines Mädchen! Ha!" Und er schlug die Tür hinter sich zu. Dann wurde der Riegel vorgeschoben.
„Kaninchen?", flüsterte ich. Aber natürlich war ich allein. Den Häschern war ich entkommen; und nun war ich gefangen auf dem Hof, auf dem ich Hilfe suchen wollte.
Warum hatte der Bauer mich nicht erkannt? Warum glaubte er, ich wäre von Evil geschickt? Ich war doch von Westen gekommen, durch den Wald ohne Wiederkehr, wie die Prophezeiung es sagte. Warum hatte er mir nicht geglaubt, dass ich der Kühne Kämpfer war?
Ich durfte mich nicht fürchten. Dies alles war nur ein Missverständnis, und wenn die Tür sich wieder öffnete, würde ich alles aufklären können. Auch hier erwarteten sie doch sicher den

Befreier von Evil, den Kühnen Kämpfer, erwarteten sie mich! Ich würde ihnen sagen, wer ich war. Und sie würden um Verzeihung bitten.
Der Riegel wurde zur Seite geschoben, fast lautlos, und die Tür öffnete sich knarrend einen Spalt. Eine schmale Gestalt huschte herein, dann fiel die Tür zu.
„Hallo?", flüsterte ich. „Hallo, wer ist da gekommen?"
Auf der anderen Seite des Raumes stand ein Junge. Er war vielleicht so groß wie ich, vielleicht so alt wie ich, und seine Haare standen in alle Richtungen. Und mich sah er an, als wäre ich ein wildes Tier.

„Ihr habt euch geirrt!", sagte ich. „Ich weiß nicht, für wen der Bauer mich hält, aber ich bin ..."
Der Junge ließ mich nicht ausreden. „Ich habe es nicht glauben wollen", sagte er staunend. „Sie haben es immer gesagt, aber ich habe es nicht glauben wollen!"
„Was denn?", fragte ich. Er hatte eine Mundharmonika in der Hand, und seine Füße waren bloß.
„Dass es andere solche gibt!", sagte der Junge. „Andere solche wie mich. Die noch keine fertigen Menschen sind. Ich habe immer geglaubt, ich wäre – nicht richtig. Nicht in Ordnung. Zu klein geraten und zu wenig geschickt ..." Er zuckte die Achseln. „Kinder", sagte er dann. „Sie haben gesagt, sie heißen Kinder, solche wie ich. Und dass es ganz richtig so wäre."
Ich merkte, wie ich eine Gänsehaut bekam. „Na klar heißen die Kinder", sagte ich. „Was hast du denn gedacht?"
Der Junge berührte vorsichtig meine Hand.
„Ein Mädchen", sagte er. „Wie mein Vater gesagt hat. Wie sollte wohl jemals ein Kind hierher kommen? Durch den Wald ohne Wiederkehr, vorbei an den Häschern? Nur seine eigenen

Geschöpfe schickt er uns her, wieder und wieder – wie dich", und der Junge zog erschrocken seine Hand zurück und trat wieder ins Dunkel.

„Ich darf hier nicht sein", sagte er. „Aber mein Vater hat gesagt: Diesmal hat er seinem Geschöpf die Gestalt eines Mädchens gegeben! Und ich wollte doch endlich einmal sehen, was das ist: ein Kind."

Dann war er still und sah mich nur an, und ich versuchte, mir vorzustellen, wie es sein musste, wenn man niemals ein anderes Kind gesehen hatte. Noch nie in seinem ganzen Leben. Natürlich ist es manchmal nicht so einfach mit Katja, vor allem, wenn sie blöde ist und immer bestimmen will, oder wenn sie mit Nasrin spielt; aber wenigstens ist sie da und meistens meine Freundin. Da würde ich ja noch lieber mit einem Jungen spielen, mit Micha, zum Beispiel, oder mit Krischi, bevor ich ganz ohne Kinder sein möchte.

Der Junge konnte mir Leid tun, aber er glaubte ja noch nicht einmal jetzt, dass ich ein echtes Kind war.

„Ich bin nicht sein Geschöpf!", sagte ich darum. „Ich bin ein echtes Kind, glaub mir! Ich war auf dem Weg zu eurem Hof, aber dein Vater hat mich in seiner Fallgrube gefangen, und nun glaubt er, ich wäre ..."

„Noch niemals ist es einem Menschen gelungen, durch den Wald ohne Wiederkehr bis zu unserem Hof zu gelangen", sagte der Junge. „An den Häschern des Fürchterlichen vorbei. Schon viele, viele Jahre warten wir, aber der Wald ist so wild und so tief, und seine Häscher sind überall." Er sah mich aufmerksam an. „Nur seine Geschöpfe finden durch den Wald", sagte er. „Und wir fangen sie in unseren Fallgruben – wie dich."

„Was muss ich denn machen, damit du mir glaubst?", fragte ich. „Ich bin kein Geschöpf des Fürchterlichen! Ruf deinen Vater. Ich will ihm alles erklären, jetzt gleich!"
Aber der Junge schüttelte nur den Kopf und setzte die Mundharmonika an seine Lippen. Er begann eine Melodie zu spielen, die war so schön und so traurig, dass ich es nicht mehr aushielt, tapfer zu sein. Ich hatte es geschafft, durch den Wald ohne Wiederkehr zu kommen, als erster Mensch seit undenklichen Zeiten hatte ich es geschafft: Aber nun saß ich hier gefangen, und niemand wollte mir glauben, dass ich der Kühne

Kämpfer war.
Der Junge spielte seine Melodie, und als ich daran dachte, wie die Häscher mich gejagt und fast gefangen hatten; wie ich klein geworden war und wieder groß; und nun war das alles umsonst: Da liefen mir die Tränen über das Gesicht, und ich fühlte mich so müde und so verzweifelt und so allein; und ich wusste nicht, wie lange ich es noch schaffen würde, nicht aufzugeben.
„Sie weint!", flüsterte da plötzlich der Junge. Er hatte die Mundharmonika abgesetzt und starrte mich an. „Sie weint Tränen!" Dann riss er die Tür auf und stürzte nach draußen, und so aufgeregt war er dabei, dass er ganz vergaß, sie hinter sich zu schließen.
So sah ich den Bauern schon, als er über den Hof gelaufen kam, den Bauern und die Bäuerin, und hinter ihnen hüpfte und rannte der Junge.
„Sie weint!", schrie er dabei die ganze Zeit. „Sie weint Tränen!"
Dann standen sie in der Tür, und der Bauer hob seine Kerze und leuchtete mir ins Gesicht.

„Sie weint Tränen!", sagte er, und seine Stimme klang so überrascht, als hätte ich gerade ein schwieriges Kunststück gemacht, Handstand zur Brücke auf dem Schwebebalken vielleicht oder Flickflack. „Rajún sagt die Wahrheit. Sie weint Tränen."
Ich wischte mir mit dem Ärmel über das Gesicht, aber rote Augen kann man ja nicht verstecken. Ich schämte mich sehr. Ein Kühner Kämpfer weint nicht wie ein kleines Kind.
„Binde sie los!", sagte die Frau bestimmt. „Siehst du nicht, dass sie verletzt ist? Ich habe dir gleich gesagt, ich glaube nicht, dass er uns jetzt auch noch Kinder schickt. Ich habe dir gleich gesagt, sie ist nicht sein Geschöpf!"

Ich zog die Nase auf. Ich verstand nicht, was meine Tränen damit zu tun haben sollten, ob ich Evils Geschöpf war oder nicht; aber rote Augen finde ich immer so hässlich.
„Und wenn er es herausgefunden hat?", fragte der Bauer. „Du weißt, er hat das Medaillon, das Zeichen des Schmieds! Du weißt, er hat den Schmied! Warum sollte er seinen Geschöpfen jetzt nicht auch Tränen geben können?"
Da stand die Bäuerin schon neben mir und löste die Fesseln. „Warum!", rief sie böse. „Warum! Weil er Gefühle töten kann, das ja: All seine Geschöpfe kennen keine Gefühle außer Wut und Hass. Darum können sie nicht weinen! Und sei sicher, sei sicher, eins wird ihm niemals gelingen: seinen Geschöpfen das Weinen zu schenken. Oder das Lachen", und sie warf meine Fessel auf den Boden.
„Armes kleines Mädchen", sagte sie und drückte mich an sich. „Armes, armes kleines Mädchen."
Und da war es ganz egal, wie hässlich ich rote Augen fand: Wenn ich weinen muss, muss ich eben weinen.
„Ich hoffe, du weißt, was du tust!", knurrte der Bauer. „Der

Schmied hat die Gabe! Und der Fürchterliche hat den Schmied in seiner Gewalt.″

Da warf sie ihm einen Blick zu, der war wie ein Blitz, und sie stampfte mit dem Fuß auf, als sie sagte: „Ich erinnere dich nicht gerne daran, weil ich weiß, wie sehr es dich schmerzt: Aber warum hat er den Schmied? Hier ist ein Mädchen, das weint; ein Kind, das verletzt ist und das allein den Weg durch den Wald zu uns gefunden hat: Und ich werde mich nicht aufführen, als wäre ich sein Geschöpf, und ihr Hilfe und Schutz verwehren! Dann hätten wir nicht all die Jahre ausharren müssen, wenn wir uns jetzt verhalten wie er!″

Da gab der Bauer die Türöffnung frei, und seine Frau führte mich auf den Hof, und noch immer flossen meine Tränen.

„Wie gut, dass ihr euren Irrtum erkannt habt!″, keuchte da eine bekannte Stimme. „Die ganze Zeit habe ich schon gegrübelt ...″

„Kaninchen!″, rief ich, und ich hatte nicht geglaubt, dass ich mich so freuen könnte, es wiederzusehen. „Wo bist du gewesen?″

„Ich bin euch gefolgt″, sagte das Kaninchen. „Du hast doch nicht geglaubt, dass ich dich im Stich lassen würde! Ich habe nur die ganze Zeit gegrübelt ...″

Da begriff ich, dass das Kaninchen nicht sehr mutig war; aber trotzdem war ich so froh, dass es wieder bei mir war.

„Du dummes Kaninchen!″, sagte ich.

„Wer hier wohl dumm ist, nun ja!″, schnaubte das Kaninchen.

Der Bauer öffnete die Tür.

21.

Der Bericht des Bauern

„Natürlich hast du Hunger", sagte die Bäuerin und drückte mich sanft auf eine Bank in der Küche. Im Herd knisterte ein Feuer, in den Fenstern brannten Kerzen, und auf einer Matte lag ein alter, struppiger Hund und schlief. Ich fühlte, wie ich auch müde wurde, so gut und sehnsüchtig müde, wie man es wird, wenn man weiß, dass man sicher und geborgen schlafen kann.

„Nun zeig mir deine Hand", sagte die Bäuerin und besah sich meine Verletzung und stellte einen Topf mit Milch auf den Herd. Dann holte sie einen Verband und schenkte mir Milch in einen Becher. „Armes kleines Mädchen! Wie tapfer du gewesen bist! Ganz allein den weiten Weg durch den Wald ohne Wiederkehr!"

„Ganz alleine ja nun doch nicht", sagte das Kaninchen und räusperte sich. „Natürlich will ich mich wie immer bescheiden im Hintergrund halten, aber ich möchte doch darauf hinweisen, dass ich sie auf meinem Rücken getragen habe, als sie verzaubert war – also ganz allein war sie wohl nicht, nein."

Die Bäuerin lachte. „Wie könnten wir dich vergessen!", sagte sie. „Ein heldenhaftes Kaninchen! Aber warum habt ihr euch auf den Weg durch den Wald gemacht? Wusstet ihr nicht, wer in diesen Gegenden herrscht?"
„Evil", flüsterte ich, und vor dem Fenster zerriss ein Blitz den Nachthimmel, und ein Donner rollte so laut, als wolle er die Mauern zersprengen. Auf den Simsen verloschen die Kerzen.
„Der Fürchterliche", flüsterte ich. „Ich muss ihn besiegen, weil die Prophezeiung es sagt. Ich bin der Kühne Kämpfer."
Da lachte der Bauer, der vorher still auf seinem Stuhl neben dem Herd gesessen hatte; er lachte so sehr, dass er den Donner übertönte.

„Der Kühne Kämpfer!", rief er und sprang auf. „Ja, glaubst du, wir wüssten nicht, wer der Kühne Kämpfer ist? Glaubst du, wir erwarteten ihn nicht schon seit undenklichen Zeiten? Damit der Wald ohne Wiederkehr endlich wieder ein friedlicher Wald wird", sagte er leise. „Wie er früher einmal war: ein friedlicher Wald, durch den die Freunde von der anderen Seite zu uns kommen zu Festen und Feiern und um unser Getreide zu kaufen und unsere Kälber. Glaubst du, wir erwarteten nicht sehnsüchtig den Tag, an dem er uns endlich von dem Fürchterlichen erlöst, dessen Gefangene wir hier sind auf unserem Hof, dem letzten mitten in seinem Gebiet?"
Ich nickte. Ich wusste ja selber, dass man mir kaum glauben konnte.
„Ich bin der Kühne Kämpfer", sagte ich wieder. „Die Kühne Kämpferin."
Da ging der Bauer zu einer Kommode und zog eine Schublade heraus. Dann nahm er ein Bild, das war so groß wie seine Hand und steckte in einem Rahmen, den ich erkannte.

„Das Muster des Schmieds!", sagte ich und sah auf die Äste und Zweige und Blätter.
„Was weißt du vom Schmied?", fragte die Bäuerin. Aber der Bauer ließ mir zu einer Antwort keine Zeit.
„Der Kühne Kämpfer!", sagte er und hielt mir das Bild dicht vor die Augen. „Da! Sieh ihn dir an! Dies ist der Kühne Kämpfer, den wir erwarten! Dieses Bild hinterließ uns der Schmied, als er ..." Der Bauer zögerte und räusperte sich. „... als er gehen musste. Dies ist der Kühne Kämpfer, sieh ihn dir an. Er wird uns von dem Fürchterlichen befreien."
Ich sah auf das Bild und dachte, dass so ein Kühner Kämpfer aussehen musste: ein junger Mann, groß und stark und mit leuchtenden Augen in einem kantigen Gesicht und mit Muskeln, wie die Plastikfiguren sie haben, mit denen die Jungs immer Kämpfen spielen, solange sie klein sind. Ein schöner, starker Prinz: So musste aussehen, wer Evil besiegen wollte.
Und doch war es ihm nicht bestimmt. Und doch war ich die Kühne Kämpferin.
„Der Schmied hat es zurückgelassen, damit wir den Kämpfer erkennen", sagte der Bauer. „Und ich habe mir geschworen, ihn zu erwarten und ihm jede Hilfe zu geben in seinem furchtbaren Kampf – auch wenn es mein Leben kosten sollte."
„Erzähl ihr, warum", sagte die Bäuerin, und in ihrer Stimme schwang Mitleid.
Ich sah den Bauern an und wartete.
„Es ist lange her", sagte er, und nun setzte er sich wieder auf seinen Stuhl neben dem Feuer, „da beherrschte der Fürchterliche wie heute das Land ringsumher: die Steine und das Wasser, die Pflanzen und Tiere. Eines aber gelang ihm nie: die

Menschen unter seine Gewalt zu bringen. Denn die Menschen haben ein Herz", sagte der Bauer.
„Und wissen, was gut und was böse ist", sagte ich, und da lächelte mir die Bäuerin zu, und der Bauer sprach weiter.
„Woher er vom Zeichen des Schmieds erfahren hatte, weiß niemand. Aber schon lange wurde gemunkelt, der Schmied habe die Gabe, und eines Morgens, als wir erwachten, stand über dem Wald schwarzer Rauch. Da wussten wir, dass die Schmiede brannte, und auch wenn wir es nicht glauben wollten, in unseren Herzen begriffen wir doch, was geschehen war."

„Der Fürchterliche hatte die Schmiede überfallen", sagte ich. „Und das Medaillon gestohlen. Und den Schmied gefangen genommen."
Der Bauer nickte. „Wir hofften den ganzen Tag", sagte er. „Wir warteten und wir hofften. Als die Dämmerung kam, hörten wir die Pferde."
„Seine Häscher!", flüsterte ich.
Der Bauer atmete schwer. „In ihren schwarzen Rüstungen kamen sie aus dem Wald, als die Dunkelheit anbrach", sagte er. „Auf ihren schwarzen Pferden. Aber der Fürchterlichste von allen war er selbst. In einer weißen Rüstung ritt er voran auf einem Schimmel, und das Weiß brannte kalt in der Dunkelheit; und vor ihm in Ketten auf seinem Pferd saß der Schmied."
Er schwieg und sah die Bäuerin an, als ob er um Hilfe bitten wollte. Aber sie blieb stumm.
„Sie verlangten, bei uns ihr Lager aufzuschlagen", sagte der Bauer. „Für eine Nacht. Sie tränkten ihre Pferde und pflockten sie an, und sie entzündeten ein Feuer. Dann legten sie sich zur Ruhe, während ihre Wachen saßen und Branntwein tranken."
Der Bauer seufzte. „Aber der Schmied", sagte er, „lag gefangen

dort in dem Raum, in den ich auch dich gebracht habe. Dort hatten sie ihn gefesselt, und vor der Tür hatten sie Wachen aufgestellt, damit er ihnen nicht entkäme."
„Und?", fragte ich. „Und was dann?"
„Du musst es erzählen", sagte die Bäuerin leise. „Du musst es erzählen."
Der Bauer sah mich fest an. „Die Wachen schliefen ein", sagte er. „Sie tranken und begannen zu singen; dann schliefen sie ein. Verstehst du? ‚Geh und befrei ihn!', flüsterte die Frau. ‚Geh und befreie den Schmied! Jetzt ist keine Gefahr!' Aber ich war wie versteinert."
„Warum hast du ihn nicht befreit?", fragte ich.
Der Bauer saß am Feuer, und seine Schultern sanken herab. „Weil ich Angst hatte, so fürchterliche Angst!", sagte er. „Dass die Wachen aufwachen würden und den Fürchterlichen wecken – ich hatte so furchtbare Angst!" Er schlug die Hände vor sein Gesicht, aber nach einer Weile sprach er doch weiter. „‚Dann tu ich es!', hat sie geflüstert. Sie wollte schon gehen. Sie wollte ihn befreien, aber ich hatte Angst, dass die Wachen sie fangen würden, und so hielt ich sie zurück. So gingen wir beide nicht. So blieb der Schmied in seiner Gewalt. In der Gewalt des Fürchterlichen."
„Ich hab auch so oft Angst", sagte ich. Aber dabei dachte ich doch, dass es etwas anderes war, wenn ein Mädchen sich fürchtete, das erst zehn Jahre alt war und nicht mal sehr groß für sein Alter. Der Bauer war doch so stark!
„Sie versuchte, sich loszureißen", flüsterte der Schmied. „Aber ich wollte sie halten. ‚Nicht!', rief sie. ‚Nicht!' Und die Wachen schreckten hoch und sahen, was sie tun wollte."
„Und dann?", fragte ich erschrocken.

Der Bauer sah zu seiner Frau, aber noch immer kam von ihr keine Hilfe.
„Der Fürchterliche verschonte uns", sagte er dann. „Er erklärte, dies sei unsere Strafe: Er werde uns verschonen bis zuletzt. Alles sollten wir mit ansehen müssen bis zum Ende; erst dann sollten wir seine letzten Opfer sein."
Jetzt sprang der Bauer auf. „Verstehst du denn nicht?", brüllte er. „Es ist meine Schuld, dass der Schmied in der Gewalt des Fürchterlichen ist! Es ist meine Schuld, dass der Fürchterliche mit seiner Hilfe jetzt auch die Menschen beherrscht! Nur, weil es mir nicht gelungen ist, meine Angst zu besiegen ..."

„Aber das ist doch nicht wahr!", sagte ich schnell. „Der Fürchterliche hatte den Schmied doch schon gefangen! Und dafür konntest du nichts!"
„Alles könnte anders sein, wenn ich getan hätte, was ich konnte", sagte der Bauer müde. „Das ist meine Schuld. Und bis an das Ende meines Lebens werde ich jetzt nie vergessen können: Was ich hätte tun können, habe ich nicht getan."
„Das ist doch normal", sagte ich schnell. Ich finde es immer so schrecklich, wenn Erwachsene unglücklich sind. „Das ist doch immer so!" Und ich dachte an die vielen Dinge, die ich niemals tat, obwohl ich sie hätte tun können, leicht, jeden Tag: den Frühstückstisch abräumen, bevor ich zur Schule ging, und Nasrin mitspielen lassen, und nicht über die Jungs lachen, wenn sie heulen, nachdem sie sich gebeult haben. „Kein Mensch tut alles, was er könnte."
Der Bauer begann im Raum herumzuwandern, und als er endlich sprach, wusste ich, es war mehr zu sich selbst als zu mir.
„Was soll das für ein Trost sein!", sagte er. „Dass andere es

nicht besser machen! Ich bin es, der den Schmied nicht befreit hat. Ich habe nicht getan, was ich konnte."
Er schwieg und starrte ins Feuer, und auf einmal tat er mir so Leid.
„Manchmal erscheint der Fürchterliche auf unserem Hof", sagte die Bäuerin, die sicher verstand, dass der Bauer jetzt nicht weitersprechen mochte. „Und er höhnt und er spottet und dankt uns für unsere Freundlichkeit: Es wäre doch ein Leichtes gewesen, den Schmied zu befreien, da seine Wachen so pflichtvergessen waren. Nur euch habe ich es zu verdanken", sagt er dann, „dass ich nun das Medaillon besitze. So sollt ihr noch ein wenig leben dürfen."
Der Bauer stöhnte auf.
„Und darum warten wir jetzt", sagte die Bäuerin. „Wir warten so sehr! Was immer wir tun können, wollen wir tun, um dem Kühnen Kämpfer zu helfen, das haben wir geschworen."
„Ich bin die Kühne Kämpferin", sagte ich wieder.
Aber keiner hörte mir zu.

22.

Der Irrtum

Der Bauer erwachte aus seiner Erstarrung.

„Jetzt kennst du die ganze Geschichte", sagte er. „Manchmal fangen wir einen seiner Häscher in unseren Fallen, aber nie bleibt er lange in unserer Gewalt. Der Fürchterliche erschlägt ihn dann mit einem Blitz; und alles, was bleibt, ist ein Häufchen Asche."

„Er befreit sie niemals", sagte der Junge, dessen Namen ich jetzt kannte: Rajún. „Seine eigenen Leute! Obwohl es ihm doch ein Leichtes sein müsste. Er opfert sie lieber. Das ist seine Strafe dafür, dass sie sich haben fangen lassen."

„Wie grausam!", flüsterte ich.

Der Bauer nickte. „Er hasst die Menschen, aber auch seine eigenen Geschöpfe kann er nicht lieben", sagte er. „Liebe kennt er so wenig wie Freude und Glück ..."

„... und Trauer und Tränen", sagte Rajún.

„Und Freude und Schmerz", sagte die Bäuerin. „So hasst und so tötet er leichten Herzens."

„Seine Häscher durchstreifen den Wald", fuhr der Bauer fort.

„Aber noch niemals ist es einem Menschen gelungen, bis zu uns zu gelangen, an all seinen Häschern vorbei. Noch niemals, seit die Schmiede brannte. Noch niemals – bis heute."
„Niemals, niemals!", rief Rajún. „Wie hast du es geschafft?"
Ich sah das Kaninchen an, aber das lag die ganze Zeit neben der Tür, so weit von dem großen Hund entfernt wie nur möglich, und tat, als hätte es nicht zugehört.
„Weil die Prophezeiung es sagt", sagte ich darum vorsichtig selber. „Weil ich der Kühne Kämpfer bin. Und der Ring hat mir geholfen."
„Hör zu, kleines Mädchen", sagte der Bauer ärgerlich und packte mich an den Schultern. „Dort siehst du den Kühnen Kämpfer, der uns prophezeit ist! Wie wolltest du wohl den Fürchterlichen besiegen!"
Ich sagte nicht, dass ich mich das ja schon die ganze Zeit selber fragte. An Prophezeiungen muss man einfach nur glauben.
„Aber der Ring?", sagte die Bäuerin. „Der dir geholfen hat? Was ist das für ein Ring? Willst du ihn uns zeigen?"
Ich zog den Ring vom Finger und gab ihn ihr; und sie erkannte ihn gleich.
„Das Muster des Schmieds!", sagte die Bäuerin. „Es ist wahr, du trägst den Ring des Schmieds!"
„Lass sehen!", sagte der Bauer und riss ihn ihr aus der Hand. „Der Ring des Schmieds. Wer hat ihn dir gegeben?"
„Seine Frau!", sagte ich, und ich dachte, dass sie jetzt doch anfangen mussten, mir zu glauben. „Ich bin durch den Spiegel gekommen, von Westen und bei Vollmond. Dann bin ich über die Ebene gewandert ..."
„Durch den Spiegel?", rief der Bauer. „Du sagst, du bist durch den Spiegel gekommen? Und wo ist er jetzt?"

Ich senkte den Kopf. „Ich habe ihn verloren", sagte ich leise. „Auf der Steinigen Steppe bei Nacht. Aber dann sind wir zur Schmiede gekommen, das Kaninchen und ich ..."
„Ihr seht, sie war nicht allein!", sagte das Kaninchen, aber als der Hund im Schlaf seine Ohren spitzte, war es sofort wieder still.
„Die Frau des Schmieds hat mir den Ring gegeben. Sie hatte mich lange erwartet."
Der Bauer ließ sich langsam wieder auf seinen Stuhl sinken. Dann nahm er das Bild in die Hand. „Ich verstehe das nicht",

murmelte er. „Ich verstehe das nicht ..."
„Ich weiß, er sieht echter aus als ich", sagte ich schnell. „Das denkt man ja, dass ein Kühner Kämpfer so aussehen muss! Aber ich bin durch den Spiegel gekommen, und ich ..."
„Vielleicht sagt sie die Wahrheit?", fragte Rajún aufgeregt. „Vielleicht ist der Kühne Kämpfer ein Kind?"
„Ach, Unfug!", rief der Bauer. „Glaubst du, der Schmied wusste nicht, was er tat, als er mir dieses Bild gab, das Bild des Kühnen Kämpfers, den wir erwarten sollen? Wer hat jemals davon gehört, dass ein Kind den Stärksten besiegen kann, den Stärksten und Furchtbarsten?"
Ich sagte nicht, dass ich davon schon ziemlich oft gehört hatte. In Märchen. Aber vielleicht kannten sie die hier nicht; und außerdem sind Märchen nicht wahr.
„Ich kann es nicht richtig beweisen", sagte ich stattdessen. „Aber das Kaninchen – das Kaninchen hat mir den Spiegel gebracht! Das Kaninchen sollte ihn dem Auserwählten bringen, und der Auserwählte bin ich. Die Auserwählte", und ich sah das Kaninchen an und wartete.
Das Kaninchen tappte unruhig mit der Pfote auf den Boden.

„Nun? Kaninchen?", sagte die Bäuerin.
Das Kaninchen räusperte sich. „Nun, man könnte vielleicht sagen", sagte es, und der Hund begann leise zu knurren. Der Junge legte ihm seine Hand auf den Kopf, und der Hund war still. „Gewissermaßen ...."
„Erklär's ihnen!", sagte ich. „Du siehst doch, dass sie mir nicht glauben!"
Das Kaninchen sah unruhig auf den Hund, dann räusperte es sich wieder.
„Nun, man könnte vielleicht sagen, dass sie gewissermaßen der Kühne Kämpfer ist", sagte es dann. „Der Kühne Kämpfer sein muss. Gewissermaßen, sozusagen."
„Gewissermaßen?", fragte der Bauer. „Sozusagen?"
„Sein muss?", fragte die Bäuerin. „Was soll das heißen?"
„Das soll heißen", sagte das Kaninchen, und nun sah es aus, als wäre es am liebsten davongelaufen, „dass sie der Kühne Kämpfer sein muss. Sie ist es nicht. Aber sie muss es jetzt sein."
„Ich bin es nicht?", schrie ich.
„Dass sie der Kühne Kämpfer sein muss, weil sie leider irrtümlich durch den Spiegel gegangen ist ..."
„Irrtümlich?", rief ich. „Du hast mir den Spiegel gebracht! Du hast mir gesagt, es wartet eine Aufgabe auf mich!"
„Gewiss, gewiss, das habe ich gesagt", sagte das Kaninchen schnell. „Aber Tatsache ist ..." – es seufzte – „... ich habe einen Fehler gemacht."
Ich starrte auf sein braunes Fell, das mir inzwischen so vertraut war, und der Raum begann sich zu drehen.
„Ich habe den Auftrag bekommen", sagte das Kaninchen, und nun sprach es so schnell, dass man merkte: Es war froh, wenn

es seine Geschichte endlich erzählt hatte. „Ich sollte dem Kühnen Kämpfer den Spiegel bringen. Der Meister selbst hat ihn mir gegeben: Den Spiegel und den Plan, aber ich habe gleich gesagt: Vielleicht bin ich noch nicht so weit, Meister! Ich bin ja nur ein Kaninchen! Aber er hat nur gelacht. Und ich habe es ja gewusst: Ich habe den Plan verloren. Auf dem verzeichnet war, wo ich den Kühnen Kämpfer finden würde."

„Du hast den Plan verloren?", rief der Schmied.

„Oh, nur den Plan, nur den Plan, nicht den Spiegel!", rief das Kaninchen. „Auf den Spiegel habe ich Acht gegeben! Aber

dann habe ich Rast gemacht, an einer ganz unmöglichen Stelle übrigens."

„Gar nicht unmöglich!", rief ich. Für einen Moment war es still im Raum und ich erinnerte mich, wie unsere Straße aussieht, wenn die Dämmerung fällt und die Jungs auf dem Bolzplatz grölen und die Mütter ihre Kinder nach Hause rufen: die schönste Straße der Welt.

„... und habe noch einmal gründlich in meiner Tasche gesucht, ob der Plan nicht vielleicht doch noch da war. Dabei ist mir der Spiegel herausgefallen."

„Und ich habe ihn aufgehoben", flüsterte ich.

Das Kaninchen nickte eifrig. „Genau, so war es!", sagte es.

„Und plötzlich habe ich mir gedacht: Was wird wohl der Meister sagen, wenn ich schon nach fünf Minuten unverrichteter Dinge zurückkomme? Wenn ich ihm gestehen muss, dass ich sein Vertrauen nicht wert war ..."

„Feigling", sagte Rajún, als spucke er das Wort aus. Aber das Kaninchen reagierte nicht.

„Und dann habe ich mir gesagt: Warum versuche ich es nicht erst mal mit ihr? Vielleicht findet sich ja eine Lösung. Und wenn nicht, hat sie doch immer noch den Spiegel und kann jederzeit zurück. Und ich kann dem Meister dann sagen, dass ich es wenigstens versucht habe. Zumindest muss ich nicht gestehen, dass ich – schon in den ersten fünf Minuten versagt habe."

„Feigling", sagte Rajún wieder, und diesmal hörte ihn das Kaninchen.

„Ja, es war feige!", sagte es trotzig. „Aber konnte ich wissen, dass sie den Spiegel verlieren würde? Sodass wir nun nicht zurückkönnen?"

Der Bauer packte das Kaninchen am Nackenfell. „Soll das heißen, dass jetzt auch der wahre Kühne Kämpfer nicht mehr zu uns kommen kann?", fragte er. „Soll das heißen, dass die Prophezeiung sich nie mehr erfüllen kann und wir alle hier dem Fürchterlichen ausgeliefert bleiben, nur weil ein Kaninchen einen Fehler begangen hat und zu feige war, ihn einzugestehen?"

Ich hörte die Antwort nicht mehr, ich kannte sie ohnehin. Ich spürte nur, wie der Raum um mich kreiste, immer schneller, immer schneller.

Ich war nicht der Kühne Kämpfer und von keiner Prophezeiung beschützt. Ich war Anna, zehn Jahre alt und nicht mal besonders groß für mein Alter; ich war im Land-auf-der-anderen-Seite, im Reich Evils des Fürchterlichen; und ich hatte den Spiegel verloren und konnte nie mehr zurück.

Der Raum kreiste und kreiste; dann wurde die ganze Welt schwarz.

23.

Die Falsche kann die Richtige werden

Hatte ich gesagt, dass man nie aufgeben darf? Hatte ich gesagt, dass man nicht aufgeben darf, solange man lebt?
Was für ein dummer, dummer Satz das war, was für ein dummes Gerede! Ein Satz, den jemand erfunden haben muss, dem niemals, nie in seinem Leben etwas wirklich Schreckliches widerfahren sein kann.
Weil man dann nämlich gar nicht die Wahl hat, das merkte ich jetzt: in diesen Tagen auf der Bank in der Küche des Letzten Gehöfts. Weil man dann überhaupt nicht entscheiden kann, ob man aufgeben will oder nicht. Denn Angst und Verzweiflung können so groß sein, dass man nur daliegt wie gelähmt; auch wenn man vorher tausendmal gesagt hat, dass man nicht aufgeben will.
Ich weiß nicht, wie viele Tage ich so lag. Ich weiß nur, dass da immer ein warmes Licht war, wenn ich die Augen aufschlug, und eine kühle Hand auf meiner Stirn. Aber es war nicht mein Zuhause, und die Hand gehörte niemandem, der mich trösten konnte.

Es war die Musik, die mich zurückholte, eine leise Melodie auf der Mundharmonika, und noch bevor ich die Augen aufschlug, wusste ich schon, dass ich jetzt ins Leben zurückkehren musste.
„Sie öffnet die Augen!", rief die Bäuerin. „Sie ist wach!" Und dann war da wieder ihre Hand, die meinen Kopf stützte, während sie mir mit der anderen einen Becher hinhielt: Und zu meinem Erstaunen merkte ich, dass ich durstig und hungrig war.
„Sie trinkt!", rief die Bäuerin. „Sie trinkt!"
Dann standen sie vor mir, alle vier, auch der Bauer, der Junge und das Kaninchen; und sogar der Hund sah aus, als ob er sich von seiner Matte erheben wollte, um träge nachzusehen, was es gab.
„Weißt du, wie lange du geschlafen hast?", fragte die Bäuerin. „Du hattest hohes Fieber, und wir haben schon gefürchtet ..."
Sie sagte nicht, dass sie um mein Leben gefürchtet hatten, aber ich wusste, das war es, was sie meinte. Und ich wollte gerade sagen, dass doch mein Leben sicher war, denn schließlich hätte ich die Prophezeiung zu erfüllen – da fiel es mir wieder ein. Nicht mir galt die Prophezeiung, und ich war nur ein Kind wie andere Kinder, zehn Jahre alt und nicht besonders groß für mein Alter. Dass ich hier war, im Land-auf-der-anderen-Seite, war nur ein Irrtum; aber trotzdem konnte ich nie mehr zurück. Ich hatte den Spiegel verloren.
„Ich will gar nicht sterben", sagte ich, und die Bäuerin lachte und gab mir noch einen Becher mit Milch. Aber nun war es genug.
„Eine Zeit lang hat es trotzdem so ausgesehen", sagte sie.
Ich nickte. „Es tut mir Leid, dass ich nicht der Kühne Kämpfer bin", sagte ich. „Es tut mir Leid, dass ich die Falsche bin und

euch nicht helfen kann. Es tut mir alles so Leid."
„Dafür, dass du die Falsche bist, kannst du nichts", sagte der Bauer und sah das Kaninchen streng an. „Nicht du hast einen Fehler begangen."
„Aber ich habe den Spiegel verloren", sagte ich tapfer. Ein unehrlicher Trost ist keine Hilfe, sagt Mama. Es ist besser, man sieht der Wahrheit ins Auge. „Wenn ich nicht den Spiegel verloren hätte, wäre alles nicht schlimm. Ich würde zurückkehren auf den Rasen vor unserem Haus und das Kaninchen könnte sich einen neuen Plan geben lassen, um den echten Kühnen Kämpfer zu finden. Dann würdet ihr befreit. Schlimm ist es ja nur, weil ich den Spiegel verloren habe."
„Schlimm ist es, weil ich den Schmied nicht befreit habe", sagte der Bauer.
„Schlimm ist es", sagte das Kaninchen und räusperte sich, „weil ich zu feige war, meinen Fehler einzugestehen."
Die Bäuerin lächelte. „Ihr redet, als wollte jeder beweisen, dass er die schwerste Schuld trägt", sagte sie. „Aber noch haben wir Milch und Brot und ein Feuer im Ofen. Und noch ist der Fürchterliche nicht hier."
Da sah ich mich um in der Küche und spürte die Wärme und wie sehr es hilft, bei Freunden zu sein. Und ich stellte mir vor, wie ich auf diesem Hof leben würde, Jahr um Jahr, bis die Erinnerung an mein Zuhause verblasste.
Bis Evil kommen würde.
„Und was soll jetzt werden?", fragte ich.
Ich sah, wie der Bauer und die Bäuerin Blicke tauschten. Wie lange hatte ich hier gelegen? Sie mussten doch nachgedacht haben in dieser Zeit und Pläne gemacht.
Der Bauer setzte sich zu mir auf die Bank.

„Wir wollen dich nicht belügen", sagte er ernst. „Unsere Hoffnung ist nicht mehr groß. All diese Jahre haben wir nur auf den Kühnen Kämpfer gewartet – und er wird niemals kommen."

Ich nickte. Es war meine Schuld, meine.

„Vielleicht könnte es jemand anders versuchen?", fragte ich. „Vielleicht, wenn du es versuchtest oder die Leute aus dem Dorf ..."

Aber natürlich kannte ich die Antwort. Schon der Wirt hatte sie mir gegeben, noch vor meinem Aufbruch.

„Glaubst du, das hätten wir nicht alles versucht?", fragte der Bauer da auch. „Immer wieder haben wir es versucht. Immer wieder sind Männer und Frauen ausgezogen, den Fürchterlichen aufzuspüren und zu besiegen. Aber nie ist auch nur einer zurückgekehrt. Sie blieben verschwunden, und nie mehr wieder haben wir von ihnen gehört. Er hat sie getötet oder zu seinen Häschern gemacht; er hat sie in seinen Bann geschlagen wie die Steine und das Wasser, die Pflanzen und die Tiere. So haben wir schließlich begonnen, an die Prophezeiung zu glauben: dass nur der Kühne Kämpfer den Fürchterlichen besiegen kann."

„Aber der Kühne Kämpfer wird nun niemals mehr kommen", sagte die Bäuerin leise.

„Und die Prophezeiung kann sich nicht erfüllen", sagte ich. „Niemals mehr."

Wieder sah ich , wie die beiden Blicke tauschten, dann sprach der Bauer.

„Warum eigentlich nicht?", sagte er. „Wir haben gegrübelt und gegrübelt, und zunächst schien es wirklich so: Es schien keinen Ausweg zu geben."

„Nun sagt es ihr doch!", rief das Kaninchen. „Nun sagt es ihr doch endlich!"
„Aber was wäre", fragte der Bauer, „wenn wir doch noch einmal versuchten, unser Schicksal in die eigenen Hände zu nehmen? Was wäre – wenn du es versuchtest?"
„Ich?", sagte ich, und vor lauter Schreck und Erstaunen verschüttete ich den halben Becher Milch. „Aber ich bin nicht euer Kühner Kämpfer!"
Die Bäuerin nickte ernst. „Das wissen wir ja", sagte sie. „Du bist ein Kind und nicht besonders groß, und gerade jetzt bist

du geschwächt vom Fieber. Aber du bist die Einzige, bei der der Versuch lohnt."
„Ich?", fragte ich erschrocken. „Warum?"
„Du bist durch den Spiegel gekommen!", rief Rajún aufgeregt. „Von Westen, bei Vollmond! Und du besitzt den Ring des Schmieds, der demjenigen zugedacht ist, der gegen den Fürchterlichen kämpft. Wer sonst könnte es wohl versuchen? Wer sonst, wenn nicht du?"
„Ich bin nicht die Richtige!", sagte ich, und ich dachte an Evils Häscher, die so schrecklich gewesen waren, dass ich mir Schlimmeres nicht vorstellen konnte: Und doch waren sie nur seine Geschöpfe, und er war noch viel grausamer als sie. „Ich habe doch nur geglaubt, ich könnte ihn besiegen, weil die Prophezeiung es sagt! Aber nun bin ich ja nicht die Prophezeite! Und ich bin auch viel kleiner als er! Und ich habe keine Waffen! Ihr wisst doch, dass alles ein Irrtum ist! Ich bin nicht die Richtige!"
„Du bist nicht die Richtige", sagte die Bäuerin, „aber du bist richtiger als alle anderen."
Da begriff ich, dass es ihnen ernst war, und meine Angst

war so groß, dass ich schrie.
„Ich bin die Falsche!", brüllte ich. „Nun begreift das doch endlich! Ich bin die Falsche!"
Eine Weile war es ganz still, dann begann der Junge, auf seiner Mundharmonika zu spielen. Die Melodie erkannte ich wieder.
„Wer sagt, dass aus dem Falschen nicht der Richtige werden kann?", fragte der Bauer und sah mir in die Augen. „Wenn er es nur wirklich versucht?"
„Die Richtige", murmelte ich, und plötzlich wusste ich, dass es stimmte. Alles andere hatten sie ja längst versucht im Land-auf-der-anderen-Seite. Groß war die Hoffnung nicht, dass ich Evil besiegen könnte; aber wenn ich es nicht versuchte, war jetzt schon alles verloren.
Rajún spielte auf der Mundharmonika und das Feuer brannte im Herd, und in der Küche war es warm und heimelig. Aber wenn ich bliebe, würde ich immer daran denken müssen, was vielleicht hätte sein können. Wenn ich bliebe, würde ich denken, was der Bauer jetzt dachte: Was ich hätte tun können, habe ich nicht getan.
„Vielleicht", flüsterte ich. „Wenn ihr glaubt, dass ich es schaffen kann."
„Wir glauben, dass es niemand schaffen kann, wenn nicht du", sagte der Bauer, und die Bäuerin legte ihren Arm um meine Schulter.
„Du bist sehr tapfer, Kühne Kämpferin", sagte sie.
„Wenn ihr glaubt, dass ich es schaffen kann", sagte ich wieder. Ich wusste, dass es mein Tod sein konnte. Aber trotzdem wollte ich es wagen. Die Falsche kann die Richtige werden, wenn sie es nur versucht.

Und außerdem dachte ich noch, dass ich sonst niemals, niemals mehr sehen würde, ob der graue Kastenwagen noch immer bei uns an der Ampel stand.
Und es zog mir das Herz zusammen.

24.

Der Abschied

Und gerade als ich dachte, wie schrecklich es sein würde, wieder loszuziehen, ganz allein und nur mit dem Kaninchen als meinem Begleiter, setzte Rajún seine Mundharmonika ab.

„Ich komme mit dir!", sagte er. „Zu zweit sind wir stärker. Vielleicht sind wir auch klüger zu zweit und mutiger, und vielleicht finden wir leichter einen Weg, den Fürchterlichen zu bezwingen. Ich komme mit dir."
Der Bauer starrte ihn an. „Du bist noch ein Kind!", brüllte er dann. „Du bist mein Sohn, und ich verbiete es dir! Begreifst du nicht, wie gefährlich es ist?"
„Sie ist auch noch ein Kind", sagte die Bäuerin leise.
„Aber die Prophezeiung sagt nichts von einem Gefährten!", rief der Bauer wieder. „Willst du gegen die Prophezeiung verstoßen?"
„Die Prophezeiung", sagte die Bäuerin und ging, um ihn in den Arm zu nehmen; denn wir alle sahen, wie erschrocken er war, „sagt auch nichts von ihr."
Da stöhnte der Bauer voller Angst; dann schlug er sich die

Hände vor die Augen.
„Wie kann ich meinen eigenen Sohn gehen lassen?", flüsterte er. „Wie kann ich zulassen, dass mein Kind mit dem Fürchterlichen kämpft?"
Die Bäuerin schwieg, aber ich wusste, was sie jetzt dachte. Da sagte der Bauer es selbst.
Er nahm die Hände vom Gesicht; dann legte er eine Hand auf die Hand seiner Frau.
„Schon einmal habe ich versucht, uns zu schützen", sagte er und sah zu Rajún. „Schon einmal habe ich nicht getan, was ich hätte tun können, und nicht zugelassen, was ich hätte zulassen müssen. Und statt zu helfen hat es nur Kummer und Verzweiflung über uns gebracht." Er lächelte ein wenig. „Dem Fürchterlichen können wir nicht entkommen, das ist wahr", sagte er. „Ob du nun gehst oder bleibst: Er holt dich, wann immer er will. Darum geh mit ihr, mein Sohn; wenn du willst, dann geh mit ihr."
Ich sah, wie ihm die Tränen über die Wangen liefen, aber in all meiner Angst war ich so froh. Noch immer musste ich gehen, um Evil zu besiegen; aber jetzt war ich nicht mehr allein.
„Ein paar Tage müsst ihr noch bleiben!", sagte die Bäuerin da. „Das Kind muss sich erholen von seinem Fieber, und du musst ihnen erklären, was du sonst dem Kühnen Kämpfer erklärt hättest. Und in diesen Tagen wollen wir nicht zu viel an das Schreckliche denken." Dann ging sie zum Herd, um ein Essen zu bereiten, und Rajún spielte auf seiner Mundharmonika. Und wenn wir in den Tagen danach auch immer wussten, dass wir bald gehen mussten und was auf uns wartete, so waren sie doch trotzdem hell und voller Fröhlichkeit.
Die Sonne schien auf das Letzte Gehöft, auf seine Weiden und

auf seine Ställe, und ich half die Tiere zu füttern, und einmal fiel mir ein, wie sehr ich mir immer gewünscht hatte, mit Mama Urlaub auf dem Bauernhof zu machen, das war gar nicht so teuer.
Aber als es mir einfiel, nahm ich lieber schnell die Kardätsche und striegelte das große braune Pferd und versuchte, nicht mehr daran zu denken. Dorthin, wo Mama war, konnte ich nie mehr zurück. Nur wenn ich Evil besiegte. Nur wenn ich den Spiegel wieder fand.
Eines Abends, noch bevor die Dämmerung fiel, rief der Bauer uns zu sich an den Tisch.

„Jetzt ist es Zeit", sagte er. „Anna ist kräftiger geworden, und es wird nicht leichter, wenn ihr wartet. Seid ihr bereit, heute Nacht aufzubrechen?"
Ich wandte mich zu Rajún und sah, dass er so erschrocken war wie ich; aber trotzdem war ich froh, dass wir keine Zeit haben sollten zu grübeln.
„Wenn du glaubst, jetzt ist der richtige Zeitpunkt", sagte ich. Der Fürchterliche konnte uns holen, wo immer wir waren; aber ich hatte doch schreckliche Angst.
„Dann will ich euch jetzt sagen, wo ihr ihn findet", sagte der Bauer. „Ich will euch erklären, was ich dem Kühnen Kämpfer erklären wollte. Denn die Kühnen Kämpfer seid ihr."
Wir nickten und setzten uns zu ihm.
„Brecht auf in der Dunkelheit", sagte der Bauer. „Um geschützt zu sein vor seinen Häschern. Brecht auf in der Nacht, wenn es kühl ist. Denn vor euch liegen die Weiten der Wüste, und die Hitze ist dort so gnadenlos und die Sonne sticht so erbarmungslos, und es gibt keinen kühlenden Schatten. Geht durch die Wüste bei Nacht, und nehmt Wasser in Krügen mit

euch: Denn bis zum Reißenden Fluss werdet ihr kein Wasser mehr finden; und ohne Wasser in der Wüste übersteht ihr keinen Tag."

„Dann wollen wir bei Nacht gehen", sagte ich.

„Die Dunkelheit wird euch schützen", sagte der Bauer, „aber bedenkt: Worauf auch immer ihr trefft, sei es Stein oder Wasser, Pflanze oder Tier: Sie alle sind seine Geschöpfe. Wenn ihr jetzt aufbrecht, rechnet nicht mehr mit Hilfe, von niemandem mehr. Von jetzt an seid ihr in seinem Land ohne Hilfe; und ihr habt nur noch euch beide."

„Und mich habt ihr natürlich auch noch", sagte das Kaninchen und räusperte sich. In den letzten Tagen hatte es die meiste Zeit in der Sonne gehockt und gefressen, und danach hatte es im Schatten gelegen und gedöst. „Das solltet ihr niemals vergessen, wenn ich euch erinnern darf: Mich habt ihr auch noch."

Rajún lachte. „Warum willst du mit?", fragte er. „Du hast es hier viel bequemer. Glaubst du wirklich, du kannst uns helfen?"

Das Kaninchen sah ein wenig beleidigt aus, aber ich kannte seine Antwort, auch wenn es sie uns nicht gab.

„Ich freue mich, wenn du kommst", sagte ich darum, und der Bauer seufzte.

„Umso sparsamer müsst ihr mit eurem Wasser sein", sagte er. „Jetzt hört weiter. Begrenzt wird die Wüste vom Reißenden Fluss. Er ist nicht breit, sagt man, aber so wild wie kein zweiter; und seine Stromschnellen sind so reißend, dass es noch niemandem gelungen ist, ihn zu überqueren. Ihr müsst auf die andere Seite."

„Wir müssen auf die andere Seite?", fragte ich. „Wenn es doch

noch niemandem gelungen ist, ihn zu überqueren?"
Der Bauer nickte. „Es heißt, es gibt einen Übergang", sagte er. „Aber niemand weiß, wie er aussieht, und niemand weiß wo. Ein Brücke vielleicht. Sie müsst ihr suchen."
„Das kann ja nicht so schwierig sein", sagte ich beruhigt. Brücken kann man schließlich finden, man sieht sie schon von weitem. Dann durfte der Fluss ruhig reißend sein.
Der Bauer schüttelte den Kopf. „Ihr werdet es sehen", sagte er dann. „Aber dass es so einfach sein soll ..." Er sprach seinen Satz nicht zu Ende. „Nun gut. Wenn ihr es auf die andere Seite geschafft habt, wartet eine ruhigere Zeit auf euch. Denn das Liebliche Land der Wandernden Wege ist so schön, sagt man, dass es dem Wanderer den Atem verschlägt: Lieblich und warm, und Quellen spenden frisches Wasser, und die Sträucher hängen voller Beeren. Aber was noch wichtiger ist: Noch nie wurde dort ein Häscher gesehen."

„Keine Häscher?", fragte ich verblüfft. „Und alles so hübsch und genug zu essen und trinken? Wieso?"
Der Bauer zuckte die Achseln. „Das ist, was man sich erzählt", sagte er. „Wer den Reißenden Fluss überquert hat, scheint erst einmal in Sicherheit."
„Aber danach?", fragte Rajún. „Was dann?"
„Jenseits liegen die Berge des Bösen", sagte der Bauer, und es war, als berühre uns ein kühler Hauch. „Sie werfen ihre Schatten weit über die grünen Hügel des Lieblichen Landes. Und dort wohnt Evil der Fürchterliche in seiner finsteren Burg."
„Die Berge des Bösen", sagte Rajún hinein in das Tosen des Sturms.
„Und wie kommen wir in seine Burg?", fragte ich. „Nachdem

wir uns im Lieblichen Land ausgeruht haben?"
„Sprich nicht so leichtfertig!", sagte der Bauer erschrocken. „Auch das Liebliche Land hat bestimmt seine Gefahren, noch größer vielleicht dadurch, dass wir sie nicht kennen."
„Mach den Kindern keine Angst", sagte die Bäuerin und stellte meinen Korb auf den Tisch. „Da, eure Wegzehrung: frisches Wasser und Brot. So leicht, dass ihr den Korb gemeinsam tragen könnt; und doch hoffentlich genug, damit ihr bis zum Reißenden Fluss nicht verdurstet."
„Und wie kommen wir in die Burg?", fragte ich den Bauern wieder, ohne der Bäuerin zu danken. Ohnehin hatte sie Rajún jetzt ihren Arm um die Schultern gelegt, als ob sie ihn schützen wollte, Rajún, ihren Sohn; und ich wollte nicht spüren, wie einsam ich war.
„Die Burg hat sieben Türme", sagte der Bauer. „So viel ist bekannt. Und in einem von ihnen findet ihr das Tor. Aber wer den Schlüssel dazu besitzt und wer ihn euch geben wird – das alles kann ich nicht sagen."
Ich starrte ihn an. „Aber wie sollen wir dann in die Burg kommen?", rief ich. „Wenn wir all das Schwierige geschafft haben? Durch die Weiten der Wüste, ohne zu verdursten, und über den Reißenden Fluss, ohne zu ertrinken, und schließlich durch das Liebliche Land? Wozu tun wir das alles, wenn wir am Ende des Weges vor einem verschlossenen Tor stehen?"
Der Bauer zuckte hilflos die Achseln. „Das hätte ich dem Kühnen Kämpfer auch nicht sagen können", sagte er müde. „Nur, dass es einen Schlüssel gibt. Der gefunden werden muss."
„Dem Kühnen Kämpfer hätte die Prophezeiung geholfen!", rief ich. „Dass er den Schlüssel gefunden hätte! Aber wer hilft uns?"

Da strich mir die Bäuerin über die Wange; dann legte sie auch mir einen Arm um die Schultern.
„Ihr beiden", sagte sie ernst. „Ihr selber seid die Einzigen, die euch helfen könnt. Und das ist nicht wenig."
Da dachte ich wieder, dass es keine andere Möglichkeit gab, Evil zu besiegen und das Land von ihm zu befreien; aber mehr noch dachte ich an den Spiegel und an mein Zuhause.
„Na gut", sagte ich.
„Was ihr in der Burg vorfinden werdet, weiß niemand", sagte der Bauer. „Nur, dass dort der Fürchterliche wartet in seinem furchtbaren Glanz. Nur, dass ihr ihn besiegen und das Zeichen zurückholen müsst. Aber wie das gelingen kann, weiß niemand."
„Na danke", sagte ich. Vor der Burg in den Bergen des Bösen hatte ich jetzt gerade am wenigsten Angst. Sie lag noch so weit, weit entfernt, und so viele schreckliche Dinge konnten vorher passieren.
„Glaubst du, wir sollten jetzt gehen?", fragte Rajún.
Die Bäuerin nahm ihre Arme von unseren Schultern, und ich verstand, dass dies der Abschied war.
„Ja, lass uns gehen", sagte ich darum; und zusammen nahmen wir den Korb. „Aber könnten wir nicht wenigstens eine Waffe mitnehmen?"
Der Bauer schüttelte den Kopf, wie schon der Wirt es getan hatte. „Er wandert über die Ebene mit ruhigem Schritt", sagte er. „Er quert den Fluss und erklimmt das Gebirge. Und seine einzige Waffe ist sein Mut. So sagt es die Prophezeiung. Ein Kühner Kämpfer, dessen einzige Waffe sein Mut ist."
„Aber ich bin doch nicht der Kühne Kämpfer, das wisst ihr doch!", rief ich. „Über mich sagt die Prohezeiung gar nichts!"

„Wenn die Weissagung verlangt, dass es ohne Waffen geschieht", sagte die Bäuerin ruhig, „dann sollten wir uns daran halten. Und was immer dem Kühnen Kämpfer geholfen hätte – warum sollte es nicht auch euch helfen?"

Da wusste ich, dass es keinen Sinn hatte, noch länger zu bitten.

„Und wir haben meine Mundharmonika", sagte Rajún. „Und deinen Ring. Er hat dir schon einmal geholfen."

„Klar, das hat er!", sagte ich. „Aber du weißt selbst, dass wir nicht herausfinden können, worin sein Zauber besteht! Wir haben es doch immerzu versucht!"

Rajún nickte. In den vergangenen Tagen hatten wir wieder und wieder versucht, hinter das Geheimnis des Ringes zu kommen. Wir hatten ihn aufgesetzt und wir hatten ihn gedreht; wir hatten Zaubersprüche gemurmelt und uns alles gewünscht, was einem Kühnen Kämpfer nützlich sein konnte: klein zu werden oder groß; unsichtbar zu sein und fliegen zu können; stark zu sein und die Gedanken anderer zu lesen. Aber nichts hatte der Ring uns gewährt.

„Ich glaube trotzdem an ihn", sagte Rajún trotzig. „Er ist der Ring des Schmieds, und der Schmied wusste, was er tat, als er ihn für den Kühnen Kämpfer bestimmt hat."

„Vielleicht konnte er nur einen Wunsch erfüllen?", fragte ich. „Vielleicht hat er seinen Zauber verloren, als er mich klein gezaubert hat und dann wieder groß?"

Rajún schüttelte den Kopf. „Er hat noch immer seine Kräfte", sagte er. „Ich weiß es. Ich weiß es einfach."

Da zog ich den Ring vom Finger und gab ihn meinem Gefährten.

„Dann nimm du den Ring", sagte ich. „Vielleicht findest du es leichter heraus."

Rajún streifte ihn über seinen Finger. „Ich bin bereit", sagte er. Und das klang so ernst und so feierlich, dass ich ahnte: Der Weg, den ich jetzt nach Osten ging, würde mich nie mehr zurück nach Westen führen.

„Ich bin auch bereit", sagte ich.

Wir warteten kaum, ob das Kaninchen auch mit uns kam; und als wir uns umdrehten, um zum Abschied zu winken, hatte die Dunkelheit das Gehöft schon geschluckt.

Um uns war Stille; aber am Himmel kreiste mit heiserem Schrei der große Vogel.

25.

Der Weg durch die Wüste

Die Wüste lag in silbernem Licht. Der weiße Sand fing die Strahlen des Mondes und gab sie als mattes Leuchten zurück; und das Land schimmerte wie im Traum.
„Wie weit ist es genau?", fragte ich Rajún.
Meine Stimme klang fremd in der tiefen Stille. Sonst waren da nur unsere Schritte auf dem feinen Sand und leise im Korb das Klirren der Krüge.
„Bis zum Reißenden Fluss", sagte Rajún und wusste, dass ich es wusste, und sah mich nicht an und ging weiter zu auf einen Horizont, der im silbernen Licht verschwamm. Der Weg konnte endlos sein.
Einmal machten wir eine Rast und tranken aus unseren Krügen, und das Kaninchen trank aus meiner Hand; danach trugen wir leichter.
„Wir werden es bis zum Morgen nicht schaffen", sagte ich.
Noch immer war kein Fluss zu sehen.
Ich fürchtete mich vor dem Tag in der Wüste, vor der sengenden Sonne und dem gleißenden Sand, vor dem Wind, der die

Sandkörner über die Ebene trieb: Und doch sehnte ich den Morgen herbei, den Morgen mit seinen Geräuschen und seinem Licht; wenn alles wieder so wirklich sein würde. Die fremde Einsamkeit machte mir Angst.

„Still!", rief Rajún und setzte den Korb ab. Aus der Ferne hörten wir das vertraute Donnern der Hufe, und wenn es auch fürchterlich war, so war es doch wenigstens ein bekannter Klang. Zwar kamen dort Evils Häscher: Aber wir waren nicht mehr allein auf der Welt.

„Sie reiten vorbei", sagte Rajún, als das Donnern verklungen war. „Sie haben uns nicht gefunden."

„Sie haben uns nicht mal gesucht!", sagte ich. Wie leicht hätte es den Häschern fallen müssen, uns hier zu finden, auf der weiten Ebene im Mondlicht.

„Sie glauben, dass sie uns greifen können, wann immer sie wollen", sagte Rajún. „Darum kümmern sie sich nicht um uns. Sie glauben, dass wir schon jetzt ihre Gefangenen sind. Weil wir den Reißenden Fluss nicht überqueren können."

„Das werden wir sehen", sagte ich. Aber ich war nicht so zuversichtlich, wie ich klang. Ich ertrug kaum die Einsamkeit und die Unwirtlichkeit der Wüste.

„Bei Tag werden sie uns greifen", sagte Rajún. „Bei Tag, wenn die Sonne sticht. Sie wissen, dass wir nicht lange aushalten können, wenn die Sonne auf uns herunterbrennt. Sie wissen, dass unser Wasser nicht ewig reicht und wir bald vor Erschöpfung sterben müssen. Sie wissen, sie haben die Wahl: uns verdursten zu lassen; oder uns zu ergreifen, ganz leicht, wenn wir vor Erschöpfung keinen Widerstand leisten."

„Das werden wir sehen", sagte ich wieder, und von den Felsen hallten meine Worte als Echo zurück. „Weil wir den Fluss

überqueren werden! Wir beide, Rajún, du und ich!"
Und ich sah ihn an und ich hoffte, dass er lachen und den furchtbaren Bann brechen würde, der über dieser Wüste lag und jede Hoffnung zunichte machte; dass er lachen würde und sagen: „Natürlich! Wozu sind wir denn sonst ausgezogen!"
Aber Rajún lachte nicht.
„Die Wüste ist so groß", flüsterte er. „Hättest du geglaubt, dass sie so groß sein könnte?"
Da verstand ich, dass er so wenig Hoffnung hatte wie ich, und ich zwang meine Füße zu gehen.

„Wenn wir den Fluss erst erreicht haben, kommen wir auch auf die andere Seite", sagte ich trotzig und dachte an den Spiegel und an zu Hause; und wieder war das Donnern zu hören; und wieder verhallte es, ohne näher zu kommen. „Man darf niemals aufgeben, Rajún! Wir beiden geben nicht auf."
Jetzt lächelte Rajún wirklich. „Ich wollte auch nicht aufgeben, Kühne Kämpferin", sagte er. „Aber ich sehe doch, wie es ist."
Danach gingen wir schweigend; denn wohl brachten unsere Stimmen uns Trost, nicht aber das, worüber wir sprachen. Und ich begann, mein Trostlied zu summen, das ich immer summe, wenn ich Angst habe; ich summte mein Trostlied, und Rajún fiel mit seiner Mundharmonika ein, und ich spürte, dass die Wüste freundlicher wurde und das Licht wärmer.
„Die Sonne geht auf!", sagte ich.
„Was ist das für eine Melodie?", fragte Rajún und setzte die Mundharmonika ab.
„Das ist mein Trostlied, hast du so was nicht?", fragte ich. „Das hab ich zu Hause immer gesungen, wenn ich ängstlich war", und dann war ich plötzlich still, weil ich denken musste,

wie dumm ich damals gewesen war und dass ich Angst gehabt hatte vor Dingen, die ich jetzt mit Freuden und Leichtigkeit tun würde.
„Ich dachte, es wäre deine Melodie", sagte Rajún.
Das kalte Nachtlicht verschwand, und in den ersten Strahlen der Morgensonne gewann der Sand einen goldenen Glanz. Am Horizont türmten sich Felsen; und mitten zwischen ihnen wuchs einsam ein Baum.
„Sieh doch den Baum, Rajún!", rief ich. „Wo ein Baum ist, muss es doch Wasser geben! Der Reißende Fluss!"
Rajún nickte. „Lass uns schneller gehen", sagte er. „Damit wir ihn erreichen, bevor die große Hitze kommt", und wir tranken einen Schluck Wasser und teilten mit dem Kaninchen und gingen weiter auf die Felsen zu. Auf einmal fühlten wir uns so zuversichtlich.
„Jeder hat seine Melodie", sagte Rajún. Jetzt trug er den Korb allein. „Wusstest du das nicht? Jedes Ding und jeder Mensch, jede Pflanze und jedes Tier. Und wer die Melodie spielt, kann sie erlösen."
„Erlösen? Wovon?", fragte ich.
Rajún zuckte die Achseln. „Einfach erlösen", sagte er.
„Dass aus einem Frosch wieder ein Prinz wird?", fragte ich. „Oder wie?"
Rajún dachte nach. „Von Fröschen weiß ich nichts", sagte er.
Ich verstand. „Hast du schon mal jemanden erlöst?", fragte ich.
Rajún schüttelte den Kopf. „Aber ich kenne viele Melodien", sagte er, und dann setzte er die Mundharmonika an und begann wieder zu spielen, und ich hörte zu, und manchmal summte ich mit.
Es waren fröhliche Melodien, die er spielte, während wir wan-

derten und die Sonne über den Felsen höher stieg, fröhliche und traurige und geheimnisvolle; und ich fühlte mich nicht mehr fremd und einsam, und ich war froh, dass die Nacht vorüber war.

Die Felsen warfen schon kurze Schatten, als wir sie schließlich erreichten.

„Ist noch Wasser in unseren Krügen?", fragte ich.

Seit die Sonne aufgegangen war, hatten wir die Häscher nicht mehr gehört. Die Wüste lag im gleißenden Licht, und wir waren voller Hoffnung, dass wir die Brücke gleich sehen würden.

„Nur noch ein paar Tropfen", sagte Rajún. „Gib sie dem Kaninchen", und er schüttete mir das letzte Wasser in meine aufgehaltenen Hände, und das Kaninchen trank gierig.

„Es wäre mir allerdings schon wichtig, darauf hinzuweisen", sagte es danach, und kleine Wassertropfen glitzerten in seinen Barthaaren, „dass ich nicht darum gebeten habe."

Ich musste lachen. „Nein, nein!", sagte ich.

„Obwohl ich doch von uns allen", sagte das Kaninchen würdevoll, „ganz ohne Frage am bedürftigsten bin. Mit meinem dicken Fell in der Sonne der Wüste ..."

„Darum haben wir es dir ja gegeben!", sagte ich.

„Und außerdem sind wir gleich am Fluss", sagte Rajún. „Und da gibt es mehr Wasser, als wir trinken können."

Aber wir waren in Evils Land, und das hätten wir nicht vergessen sollen.

26.

Der Übergang

Wir hörten den Reißenden Fluss, lange bevor wir ihn erreichten, und sein Dröhnen klang wie das Donnern der Hufe.
„Er muss wirklich wild sein", sagte ich. „Siehst du eine Brücke?"
Rajún schüttelte den Kopf. „Ich sehe nicht einmal den Fluss", sagte er.
Und so war es. Wo der Baum zwischen den Felsen stand, endete die Ebene an einem schroffen Abgrund; und vor uns, in einer Schlucht so tief, wie ich noch keine gesehen hatte, tobte der Fluss.
Vorher, als wir darüber gesprochen hatten, wie wir ihn überqueren könnten, wenn wir die Brücke nicht fänden, hatte ich vorgeschlagen zu schwimmen; und Rajún hatte ein Floß bauen wollen.
„Natürlich ist er reißend!", hatte ich zuversichtlich gesagt. „Aber wenn er nicht breit ist? Dann schaffen wir das!" Und ich hatte daran gedacht, wie ich in unserer Schwimmhalle mein Abzeichen gemacht hatte und dass ich sogar länger

schwimmen konnte, als ich musste.
Aber nun tobte der Fluss tief unten in der Schlucht, und die Felsen waren so schroff, dass wir ihn niemals erreichen konnten.
„Wir können nicht schwimmen, Rajún", sagte ich.
„Und wir können uns auch kein Floß bauen", sagte Rajún.
„Aber die Schlucht ist wirklich nicht breit!", sagte ich. „Es genügt schon ein Steg!"
Rajún nickte.
„Lass uns eine kleine Rast machen", sagte er. „Und danach gehen wir und suchen die Brücke."

„Rajún?", sagte ich. „Und wir können uns auch kein Wasser schöpfen."
Wieder nickte Rajún. „Wir können uns auch kein Wasser schöpfen aus dem Reißenden Fluss", sagte er. „Wir hätten es wissen müssen. Auch der Reißende Fluss ist unter seinem Bann."
„Glaubst du, wir müssen verdursten?", fragte ich ängstlich, und ich sah, dass die Sonne immer noch höher stieg, und fühlte, dass ihre Strahlen noch sengender wurden. „Glaubst du, wir ..."
„Lass uns eine kleine Rast machen", sagte Rajún wieder. „Danach suchen wir die Brücke."
Dann nahm er die Mundharmonika und spielte mein Trostlied, aber ich war viel zu erschöpft, um mitzusummen. Und trotzdem gab es mir Trost.
„Dann lass uns jetzt gehen", sagte ich.
Die Sonne stand so hoch am Himmel, dass die Felsen keine Schatten mehr warfen; und hinter uns lag endlos die Wüste, als hörte sie nirgendwo auf: Als gäbe es dort nicht im Schatten des

Waldes ohne Wiederkehr das Letzte Gehöft, viel zu weit, um es in der sengenden Sonne ohne Wasser jemals wieder zu erreichen. Wir mussten über den Fluss.

„Man müsste die Brücke doch sehen!", sagte ich.

Rechts und links von uns schnitt die Schlucht eine gezackte Furche in den Boden wie eine tiefe Narbe: Und schon am jenseitigen Rand, nur wenige Meter entfernt, aber zum Springen zu weit, begann das Liebliche Land, grün und hügelig; und durch die vor Hitze flirrende Luft sahen wir Schatten spendende Bäume und sprudelnde Bäche, so nah, dass ich glaubte, über dem Tosen des Flusses ihr Plätschern zu hören. Und doch waren sie für uns unerreichbar.

„Hier jedenfalls ist keine Brücke", sagte mein Gefährte. Fast ohne Windungen von Nord nach Süd verlief die Schlucht durch das ausgedörrte Land, und nirgendwo sonst wuchs ein Baum an ihrem Rand oder auch nur ein Strauch. Unendlich zog sie sich durch die flache Weite, und nirgendwo sahen wir einen Übergang.

„Hat dein Vater nicht gesagt, es gibt eine Brücke?", fragte ich.

„Es heißt, es gibt einen Übergang", sagte Rajún, und dann begannen wir zu suchen in der flirrenden Hitze. Wir suchten die Schlucht entlang nach Norden und sahen hinab, ob sich vielleicht in ihrer Tiefe eine Brücke verbarg: Aber überall fanden wir nichts als schroffen Fels über dem brodelnden Wasser.

„Auf dieser Seite ist nichts", sagte Rajún, als wir so lange gegangen waren, dass Baum und Felsen hinter uns nur noch winzige Punkte waren; und längst schon spürte ich, dass ich nicht lange mehr durchhalten würde.

„Lass uns nur eine winzig kleine Rast machen", bat ich. Meine

Augen brannten vom gleißenden Licht. „Dann kehren wir um."
„Wir dürfen keine Rast machen in der Wüste", sagte Rajún. „Wir gehen zurück und suchen in der anderen Richtung."
„Aber ich kann nicht mehr!", rief ich.
Rajún sah mich nicht an und machte sich auf den Weg. „Bald wird es kühler", sagte er, und seine Stimme klang, als versuche er, sich selber Trost zuzusprechen. „Wir haben keine Wahl, Kühne Kämpferin. Wir haben keine Wahl."
Da folgte ich ihm den weiten Weg zurück bis zum Baum und

zu den Felsen, und längst dachte ich nicht mehr an Evil: Auch an zu Hause dachte ich nicht. Ich hörte unter mir das Tosen des Flusses und ich wusste, dass nichts köstlicher sein konnte als ein Schluck von seinem Wasser, und an nichts sonst dachte ich.
Als wir den Baum und die Felsen erreichten, stand die Sonne schon tiefer, und im Schatten machten wir eine kurze Rast. Ich wusste, meine Füße würden mich nicht mehr weitertragen.
„Man hört die Häscher nicht", sagte ich. „Vielleicht sind sie abgezogen aus der Wüste."
„Sie ruhen bei Tag", sagte Rajún. „Sie ruhen bei Tag an einem schattigen Ort. Erst in der Kühle der Nacht werden sie kommen. Sie wissen, sie werden uns greifen. Sie wissen, wir sind geschwächt von der Sonne und unserem furchtbaren Durst."
Da packte mich noch einmal der Zorn. So leicht sollte Evil uns nicht bekommen.
„Und wir finden die Brücke doch!", sagte ich, und obwohl ich nicht wusste, wie ich meine Füße noch heben sollte, stand ich auf. „Lass uns jetzt nach Süden gehen."

„Aber bitte ohne mich", sagte das Kaninchen. Es hatte sich im Schatten eines Felsens ausgestreckt und rührte kein Barthaar. „Wenn ich noch einen Schritt tun soll, werde ich sterben. Ihr wisst, mein warmes Fell – in der Wüste ..."
Ich strich ihm über den Kopf. „Wenn wir die Brücke finden, holen wir dich", sagte ich. „Versprochen."
Aber das Kaninchen schloss schon wieder erschöpft seine Augen.
Nach Süden zog sich die Schlucht wie nach Norden, und wenn auch die Sonne bald weniger stach und wir schon die Dämmerung ahnten, so war doch unser Durst inzwischen so quälend,
dass uns auch die kommende Kühle kein Trost mehr war.
„Nichts", sagte Rajún, als wir so lange gegangen waren, dass Baum und Felsen hinter uns nur noch winzige Punkte waren. Längst spielte er nicht mehr auf seiner Mundharmonika. „Lass uns hier rasten."
„Hier, wo wir meilenweit zu sehen sind, wenn der Mond erst hoch am Himmel steht?", fragte ich, obwohl ich nichts sehnlicher wünschte, als mich neben ihm im Sand auszustrecken. „Wo uns die Häscher finden, ohne zu suchen?"
Rajún schüttelte den Kopf. „Die Häscher finden uns überall", sagte er. „Da können wir hier genauso gut warten wie anderswo. Auf die Häscher. Oder auch auf ..."
Er sprach das Wort nicht aus, aber ich wusste, was er meinte; und diesmal war ich es, die sich auf den Weg machte, zurück zum Baum und zu den Felsen.
„Auf den Tod?", sagte ich böse, und meine Zunge klebte am Gaumen, weil ich so lange nicht getrunken hatte, und das Land verschwamm vor meinen brennenden Augen. „Auf den warte ich nicht!"

Und ich ging, ohne zurückzusehen, und dann hörte ich Rajúns Schritte hinter mir.

Wie wir den Baum erreichten, kann ich nicht sagen, ihn und die Felsen; aber als wir uns unter ihnen niederlegten, ganz nah am Rande der Schlucht, wussten wir beide, dass alle Anstrengung umsonst und dass nun alles zu Ende war. Ein leises Beben der Erde kündigte das Nahen der Häscher an, und zum ersten Mal erwartete ich sie mit Hoffnung. Denn nur diese Wahl hatten wir: von den Häschern gegriffen zu werden; oder hier qualvoll zu verdursten.

Vor mir sah ich die Berge des Bösen und sah Evils Burg und wusste, dass die Häscher uns Wasser geben mussten, wenn sie uns lebend vor den Fürchterlichen führen wollten: Und ich sehnte ihre Ankunft herbei.

„Spiel mir noch einmal mein Trostlied, Rajún", flüsterte ich, obwohl ich wusste, dass seine Lippen so ausgedörrt waren wie meine. „Noch ein Mal, bevor sie uns fangen."

Da setzte Rajún die Mundharmonika an, und aus dem fernen Grollen wurde das Donnern der Hufe.

„Wir haben es nicht geschafft, Rajún", sagte ich. „Und nur weil ich den Spiegel verloren habe, kann das Land nicht befreit werden. Es tut mir so Leid." Und ich legte mich hin und wartete, dass sie kommen sollten. Über mir ragten schwarz die Zweige des Baumes in den Himmel.

Vielleicht hätten wir einen Steg bauen können, dachte ich, während mein Trostlied fast vom Tosen des Flusses verschluckt wurde. Wenn die Zweige nicht so dünn und zerbrechlich wären und wir nicht so müde und ohne alle Kraft. Und wenn jetzt nicht die Häscher kämen, um uns zu fangen.

Da genau sah ich den Käfer.

Einen Augenblick glaubte ich, dass ich mich getäuscht hatte: Wie hätte ein Käfer hier überleben können, in dieser Wüste ohne Wasser?
„Rajún?", flüsterte ich. „Siehst du auch ..."
Da krabbelte der Käfer schon eilig über einen dünnen, zerbrechlichen Zweig, weit über unseren Köpfen, einen Zweig, der hinüberragte über die Schlucht, und er lief bis zum Ende. Dort neigte der Zweig sich unter seinem Gewicht und setzte ihn sanft auf den Boden: auf den Boden des Lieblichen Landes.
„Rajún!", rief ich wieder. „Hast du nicht gesehen ..."
Aber mein Gefährte hatte schon seine Mundharmonika abgesetzt und starrte hoch in die Zweige.
„Der Übergang", sagte er dumpf. „Hier ist der Übergang, hier war er schon die ganze Zeit. Und wir haben ihn einen Tag lang gesucht. Und nun nützt er uns nichts."
„Ein Übergang für Käfer und Ameisen!", sagte ich böse. „Ein Zweig, der kaum einen Käfer trägt!"
Und ich wurde zornig, so zornig, dass ich meine Kräfte wachsen spürte.
Den ganzen Tag hatten wir nach diesem Übergang gesucht, und jetzt, wo wir ihn gefunden hatten, war er nutzlos. Unser Unternehmen war von Anfang an zum Scheitern bestimmt; schon das erste Hindernis konnten wir nicht überwinden. Wir waren umsonst aufgebrochen; umsonst hatten wir eine schreckliche Nacht in den Weiten der Wüste verbracht, umsonst hatten wir einen Tag in der drückenden Hitze ausgeharrt. Es gab keine Brücke über den Reißenden Fluss.
Das Donnern der Hufe kam näher, aber noch konnten wir die Häscher nicht sehen.

„Ich versuch es!", sagte Rajún. „Was soll schon passieren? Wir sterben so oder so. Wenn der Zweig bricht, stürzen wir ab und finden den Tod in den Fluten; aber wenn wir bleiben, fangen uns die Häscher und führen uns vor den Fürchterlichen, und auch er wird uns töten. Und wenn uns nicht die Häscher fangen, verdursten wir und sterben auch: Warum sollte ich es also nicht versuchen?" Und schon war er den Stamm hinaufgeklettert, so schnell und sicher, als wäre er niemals erschöpft gewesen, als gäbe ihm die neue Hoffnung neue Kräfte. „Komm mit!"

Ich lauschte dem Tosen des Flusses und erschrak, als ich daran dachte, wie es sein würde, in seinen Fluten zu sterben.

„Du bist verrückt, Rajún!", schrie ich in den Baum hinauf. „Du bist nicht so leicht wie ein Käfer!"

Da hatte Rajún den Zweig schon erreicht, und während hinter mir die Häscher näher kamen, lief er hinüber, fast ohne zu schwanken, und auf der anderen Seite landete er leicht im Lieblichen Land.

„Er trägt uns, Anna, er trägt!", rief Rajún, und er war mir so nah, dass ich kaum glauben konnte, dass er jetzt in Sicherheit war; und ich war noch immer verloren in der Wüste. „Es war der Ring!", schrie Rajún triumphierend. „Verstehst du nicht? Natürlich war es der Ring!"

Und da wusste ich, dass er Recht gehabt hatte, als er nicht glauben wollte, dass der Ring keine Kraft mehr besaß; auch wenn wir sie nicht verstanden.

„Komm auch!", rief Rajún und zog den Ring vom Finger. „Ich werf ihn dir zu!"

Hinter mir sah ich schon die Häscher auf ihren Pferden; in breiter Front galoppierten sie auf mich zu.

Da wusste ich, ich hatte keine Wahl.
Der Ring flog über die Schlucht, und für einen Augenblick hatte ich Angst, dass Rajún ihn zu kurz geworfen hatte; aber dann spürte ich das harte Metall in meiner Hand und streifte ihn mir auf den Finger und begann am Stamm hochzusteigen. Jetzt waren die Häscher schon nah.
„Und ich?", schrie da das Kaninchen. Es war so still gewesen die ganze Zeit, seit wir zurückgekommen waren, ich hätte es fast vergessen.
Ich sah zurück und ich sah die Häscher auf ihren Pferden: So nah waren sie jetzt, dass ich glaubte, ihre Augen hinter den Visieren ihrer Helme erkennen zu können, und ich hörte ihre Stimmen.
„Greift sie euch!", schrie einer der ersten. „Der Junge ist euch entkommen, aber das Mädchen sitzt noch auf dem Baum!"
„Und ich?", schrie wieder das Kaninchen, und seine Stimme war hoch und schrill vor Angst. „Sie kommen! Du willst mich doch nicht ..."
Da dachte ich daran, wie das Kaninchen mich auf seinem Rücken getragen hatte durch den Wald ohne Wiederkehr, und ich packte es am Nackenfell und kletterte wieder nach oben.
Es ist nicht leicht, mit nur einer Hand auf einen Baum zu klettern; und es wird nicht leichter durch ein Kaninchen im anderen Arm, das jammert und klagt.
„Mein Gott, wie ist das hoch!", jammerte das Kaninchen und schloss erschrocken die Augen. „Kaninchen steigen einfach nicht auf Bäume! Kaninchen sollten niemals – mein Gott, ist das hoch!"
„Sei still!", sagte ich böse, denn jetzt hatten die Häscher den Baum erreicht und begannen daran zu rütteln.

„Da oben sitzt sie, die kleine Ratte!", schrie der erste der Häscher.
„Schüttelt sie ab wie welkes Laub!", schrie der zweite.
„Wir bringen sie Evil, wie er es befahl!", schrie der dritte, und in dem Sturm, der nun folgte, und im grellen Licht der Blitze erreichte ich den Zweig zur anderen Seite.
„Du schaffst es, Anna!", schrie Rajún. „Du schaffst es, du trägst ja den Ring!"
Aber der Zweig war so dünn, dass ich kaum verstand, wie er einen Käfer tragen sollte; und ich war ein Mensch; und ich trug

auch noch ein Kaninchen in meinem Arm.
„Er trägt mich nicht!", schrie ich. „Ich bin viel zu schwer!"
Unter mir hatten die Häscher jetzt aufgehört, am Stamm zu rütteln, und begannen stattdessen, nach oben zu steigen.
„Sie kommt niemals hinüber, die kleine Ratte!", schrie wieder der Erste.
„Holt sie herunter wie reifes Obst!", schrie der Zweite.
„Wir bringen sie Evil, wie er es befahl!", schrie der Dritte, und da hatte der Erste mich fast erreicht. Der Stamm bog sich unter der Last, der Baum schwankte und ich klammerte mich fest.
„Da schaffst es, Anna!", schrie Rajún. „Du schaffst es, du hast ja den Ring!"
Da griff der erste Häscher schon nach meinem Fuß, und ich lockerte meinen Griff um den Stamm und tat den ersten Schritt. Und der Zweig trug.
„Du schaffst es, Anna!", schrie Rajún, aber hinter mir hörte ich das Keuchen der Häscher, während ich mich über den Zweig wagte, Schritt für Schritt.
Unter mir tobte der Reißende Fluss, als ob er mich hinablocken wollte, aber ich sah nicht in die Tiefe. Ich setzte meine Füße

Schritt für Schritt, und ich versuchte, nicht daran zu denken, was mich erwartete, wenn ich den Zweig verfehlte.
„Du schaffst es, du schaffst es!", schrie Rajún triumphierend, und in meinem Arm jammerte das Kaninchen: „Wie tief es ist, oh mein Gott, wie fürchterlich tief! Und wie reißend der Fluss!"
„Sei still!", sagte ich böse, als der Zweig sich zu neigen begann; und ich sprang.
Ich war im Lieblichen Land.
Ich war im Lieblichen Land!
„Wir haben es geschafft!", schrie das Kaninchen. „Mein Gott, ich glaube nicht, dass jemals ein Kaninchen so mutig war wie ich!"
Aber noch waren wir nicht in Sicherheit, das sahen wir jetzt. Noch waren wir nicht gerettet. Denn auf dem Baum drängten sich jetzt die Häscher, und der erste hatte den Zweig schon erreicht.
„Auf die andere Seite, und hol sie dir!", schrie der zweite.
„Fang sie ein wie eine streunende Katze!", brüllte der dritte.
„Wir bringen sie Evil, wie er es befahl!", schrie der vierte.
Da setzte der Erste seinen Fuß auf den Zweig.
„Jetzt werdet ihr sehen!", rief er prahlerisch; aber noch bevor er seinen Satz zu Ende sprechen konnte, brach der Zweig, und wir sahen ihn stürzen mit einem gellenden Schrei; tief in die Schlucht und in den Reißenden Fluss.
„Rajún!", flüsterte ich und packte seinen Arm. Denn wenn er auch ein Häscher gewesen war, gekommen, um mich zu fangen und vor Evil zu bringen, so war doch sein Ende schrecklich gewesen.
Aber seine Kumpane auf dem Baum kümmerte das nicht.

„Der Zweig ist gebrochen", sagte der Zweite gleichgültig und begann schon, nach unten zu steigen.
„So kommen wir nicht auf die andere Seite", sagte der Dritte und folgte ihm.
„Nun können wir sie Evil nicht bringen, wie er es befahl", sagte der Vierte.
Von ihrem Gefährten sagten sie nichts.
„Sie trauern nicht einmal um ihn!", sagte ich erschrocken zu Rajún, als die Häscher sich auf ihre Pferde schwangen und in der Dämmerung über die Wüste verschwanden. „Sie sprechen

nicht einmal davon! Es ist ihnen gleichgültig!"
Rajún drehte der Schlucht den Rücken, und zum ersten Mal spürte ich, wie mild hier die Luft war und wie weich das Gras unter unseren Füßen.
„Sie kennen keine Freundschaft", sagte Rajún. „Sie hassen die Menschen, aber auch ihre eigenen Gefährten lieben sie nicht. Seine Geschöpfe kennen nichts als Hass und Wut." Er lächelte. „Aber wir sind jetzt im Lieblichen Land", und da sahen wir vor uns eine Quelle und wir fielen auf die Knie und füllten unsere Hände mit Wasser und tranken und tranken.
„Ja, wir sind jetzt im Lieblichen Land", sagte ich glücklich, nachdem wir getrunken hatten, als wollten wir nie wieder aufhören.
„Noch niemals wurden hier Häscher gesehen", sagte Rajún und gähnte. „Hier sind wir in Sicherheit."
Dann schloss er die Augen und legte sich ins Gras; und neben dem Kaninchen schlief er ein.
Über uns wölbte sich der Himmel schwarz und voller Sterne; und neben uns sprudelte die Quelle in der Dunkelheit und plätscherte der Bach.

Für einen winzigen Moment glaubte ich, in der Luft ein Rauschen zu hören und einen Schatten zu sehen wie von den Schwingen des Vogels. Aber jetzt waren wir im Lieblichen Land; und erschöpft und voller Zuversicht schlief ich ein.

27.

Auf dem Weg durch das Liebliche Land

Nie habe ich so geschlafen wie im Lieblichen Land. Nie habe ich so tief und so fest geschlafen wie in jener Nacht auf meinem Bett aus Gras und unter meiner Decke aus Sternen; und nie bin ich so aufgewacht, so frisch und so voller Erwartung auf den kommenden Tag.

Neben mir saß schon Rajún und sah über die Hügel.

„Dass etwas so schön sein kann, Anna", sagte er und setzte seine Mundharmonika an die Lippen, als ob er jetzt, wo ich aufgewacht war, endlich spielen wollte; „dass etwas nur einen Sprung entfernt sein kann von der trostlosen Wüste und trotzdem so schön."

Da drehte ich mich um, um zurück über den Abgrund zu sehen auf den gleißenden Sand; aber da war nur der Dunst, der vom Fluss aufstieg, als sollte uns nicht einmal die Erinnerung die Freude am Lieblichen Land trüben.

Dann sah ich über die Hügel wie mein Gefährte, und jenseits lagen die Berge des Bösen: schwarz und von einer Düsternis, die von innen heraus glomm.

„Dass etwas so schön sein kann, und liegt doch ganz nah beim größten der Schrecken", sagte ich und schauderte.
Selbst der Himmel war düster über den Bergen, als weigere sich die Sonne, dort zu scheinen.
„Dass etwas so schön sein kann und mein Magen so hungrig!", rief Rajún lachend und sprang auf. „Lass uns frühstücken, Kühne Kämpferin. Ich habe lange genug gewartet, dass du aufwachen solltest."
Das Kaninchen war längst zwischen saftigen Kräutern verschwunden, und jetzt machten auch wir uns auf den Weg und pflückten Erdbeeren vom Boden und Himbeeren von den Sträuchern und Kirschen von den Bäumen, und danach füllten wir an der Quelle unsere Krüge. Nie hat mir eine Mahlzeit so gut geschmeckt.
„Nun haben wir es doch geschafft, Rajún", sagte ich, als ich mich nach dem Essen wieder ins Gras gelegt hatte, weil ich so satt war, dass ich keinen Schritt mehr tun konnte, und zuhörte, wie das Wasser in unseren Bäuchen mit der Quelle um die Wette gluckerte. „Wir haben nicht mehr geglaubt, dass wir es schaffen würden, aber wir haben es geschafft. Man soll nie zu früh aufgeben, sagt meine Mutter. Es gibt meistens eine Lösung."
Rajún sah aus, als ob er etwas sagen wollte; dann schwieg er.
„Und du hattest Recht mit dem Ring", sagte ich. „Er hat noch immer seine Kraft."
„Der Ring des Schmieds", sagte Rajún. „Warum sollte er ihn dem Kühnen Kämpfer geben, wenn er so schnell seine Kraft verlöre?"
„Es ist ein Spiegelring", sagte ich. „Das hat die Frau des Schmieds mir erzählt. Aber was das bedeutet, wusste sie nicht."

„Im Wald ohne Wiederkehr bist du klein geworden", sagte Rajún. „Und über dem Reißenden Fluss wurden wir leicht."
„Leicht zu werden hätte mir im Wald nichts genützt", sagte ich. „Als die Häscher mich fast gefangen hatten. Ich musste ins Mäuseloch."
Rajún steckte sich die letzte Hand voll Beeren in den Mund, dann seufzte er.
„Wie kann man nur so satt sein", sagte er und rollte sich zufrieden auf die Seite. Dann schloss er die Augen. „So satt und schon wieder so müde."

„Du schläfst jetzt nicht schon wieder ein!", rief ich und packte ihn an der Schulter. „Ich will endlich wissen, worin die Kraft des Ringes besteht!"
Rajún schlug die Augen wieder auf. „Wie kann man nur so streng sein!", murmelte er. Dann setzte er sich auf.
„Ich dachte, du hättest verstanden, Kühne Kämpferin", sagte er seufzend. „Es ist doch ganz klar. Der Ring ist ein Spiegelring: Im Augenblick größter Gefahr verwandelt er gerade diejenige Eigenschaft, die der Rettung im Wege steht, in ihr Gegenteil: Wie ein Spiegel rechts in links verwandelt und links in rechts."
„Aus groß wird klein", sagte ich verblüfft. „Und aus schwer wird leicht", und ich überlegte, warum der Ring nicht gezaubert hatte, als wir es beim Letzten Gehöft wieder und wieder versucht hatten.
Als hätte er meine Gedanken erraten, sprach Rajún jetzt weiter. „Aber nur in der Stunde größter Gefahr", sagte er. „Und nicht auf Befehl. Der Ring hilft dir erst, wenn du selber alles getan hast, was in deiner Kraft steht; erst dann."
Ich seufzte und schloss selber die Augen. „Ich hoffe, du hast

Recht", sagte ich, und ich spürte, wie die Sonnenstrahlen meine Lider kitzelten. „Was ich tun kann, will ich ja tun. Aber ich glaube nicht, dass es reicht."

„Wir vertrauen auf den Ring", sagte Rajún. „Aber erst einmal wollen wir essen", und ich konnte kaum glauben, dass noch immer Raum in seinem Magen war; aber er griff neben sich in die Sträucher und pflückte und aß.

An diesen Morgen im Lieblichen Land erinnere ich mich gern; nicht aber an das, was ihm folgte.

Schließlich war auch Rajún so satt, dass er nicht die kleinste Beere mehr essen konnte, und nachdem er sich einen Augenblick ausgeruht und wir all unsere Gefäße gefüllt hatten, riefen wir das Kaninchen.

Es dauerte eine Weile, bis es kam; und als es schließlich bei uns war, sah es aus, als wäre es so satt, dass es keinen Schritt mehr tun könnte.

„So köstliche Kräuter", sagte das Kaninchen. „So ganz und gar ungewöhnlich köstliche Kräuter!"

Rajún zeigte über die Hügel auf die Berge des Bösen. „Dort müssen wir hin!", sagte er. „Also auf!"

Das Kaninchen ächzte. „Keine ruhige Minute!", stöhnte es. „Keine ruhige Minute! Und doch alles umsonst!"

Aber Rajún und ich lachten nur. Vor uns lag das Liebliche Land, und es war noch weit zu den Bergen des Bösen; und wir dachten nicht an unsere Angst.

Wir wanderten auf Wegen, die sich zwischen hohen Hecken entlangschlängelten, in denen die Vögel ein letztes Morgenlied pfiffen; wir gingen durch lichte Frühlingswälder, deren Boden bedeckt war von Himmelsschlüsselchen; wir liefen über Wiesen voller Sommerblumen und standen still auf den Kuppen der

Hügel und sahen über das Land im Sonnenschein. Wir sahen Bäche über Steine springen und Schmetterlinge über den Blüten, und zum ersten Mal in meinem Leben spürte ich, dass Schönheit wehtun kann, und hielt dies alles nur aus, weil wir es teilten, mein Gefährte und ich: Und ich war so froh, dass er bei mir war und auf seiner Mundharmonika spielte.
Am Mittag erreichten wir einen Teich, der lag versteckt hinter Weidenbäumen, und sein Wasser war bedeckt mit Seerosen, und in seiner Mitte schwamm friedlich eine Entenfamilie.
„Dass etwas so schön sein kann", sagte ich wieder, aber da hat-

te Rajún sich schon seinen Kittel ausgezogen und war ins Wasser gesprungen; und ich sprang hinterher.
Wir schwammen und schwammen, und ich erzählte Rajún von unserem Schwimmbad zu Hause und wie ich mein Abzeichen gemacht hatte; wir tauchten und spritzten uns nass, und danach entschuldigten wir uns bei der Entenfamilie, die schnatternd und erschrocken zur anderen Seite geflohen war. Am Schluss ließen wir uns auf dem Rücken treiben, bis die Sonne unsere Gesichter getrocknet hatte; dann schwammen wir zurück ans Ufer.
„Dass etwas so schön sein kann!", sagte Rajún. „Und doch so ganz in seiner Nähe", und wir sahen beide über den Teich, wo bei unserer Ankunft über den Hügeln die Berge des Bösen gedroht hatten mit Evils Burg.
Hinter den Hügeln trieben Wölkchen am Sommerhimmel.
„Rajún!", rief ich erschrocken. „Die Berge sind verschwuden!"
Rajún wandte sich um. „Ach was, du Kühne Kämpferin!", sagte er lachend, und tatsächlich, in unserem Rücken, gerade dort, woher wir gekommen waren, lagen die Berge des Bösen unter einem düsteren Himmel.

Ich schüttelte mir das Wasser aus den Haaren.
„Aber da sind sie vorher nicht gewesen!", sagte ich. „Das weiß ich genau!"
Rajún lachte wieder. „Du irrst dich, Anna", sagte er. „Bestimmt."
Aber er zögerte, bevor er sprach; und ich hörte die Unsicherheit in seiner Stimme.

28.

Die Wandernden Wege

Lass uns aufbrechen", sagte ich. „Ich will sehen, ob die Berge ..."

„Du irrst dich, Anna", sagte Rajún wieder, und seine Stimme klang sicherer. „Sieh dich doch um! Dort liegen die Berge des Bösen immer noch."

Ich nickte zögernd. Es konnte doch sein, dass ich mich getäuscht hatte. Berge verändern nicht ihren Platz. Ich wünschte, Rajún hätte Recht: Aber tief in meinem Innern wusste ich längst, was hier geschah. „Dann lass uns jetzt gehen", sagte ich und nahm den Korb. „Dann werden wir ja sehen."

Rajún seufzte. „Keine ruhige Minute, keine ruhige Minute!", sagte er neckend, wie es vorher das Kaninchen gesagt hatte; aber ich hörte doch, dass auch er jetzt zu grübeln begann.

Noch immer war das Liebliche Land so schön, dass es mir in meiner Brust wehtat; aber jetzt achteten wir nicht mehr auf die Hummeln über den Blüten und das Zwitschern der Vögel; nicht auf den Sommerduft der Blumen oder das Säuseln des Windes: Nur auf die Berge sahen wir in der Ferne und gingen auf sie zu.

Und doch kamen wir ihnen nicht näher.
„Etwas ist sonderbar, Rajún", sagte ich und sah ihn an. „Wir müssten doch längst dort sein!"
Und als ich wieder zu den Gipfeln sah, waren sie verschwunden, und jetzt bemerkte ich auch, dass es den Hügel nicht mehr gab, den wir heruntergelaufen waren, und dass unser Weg, eben noch ohne Krümmung, sich vor uns hinter einer Biegung verlor.
„Rajún!", schrie ich voller Angst.
Und jetzt sah mein Gefährte es auch.
„Das Liebliche Land", flüsterte Rajún. „Oh, Anna! Auch hier sind sie alle seine Geschöpfe."

Da spürte ich das Grauen wie einen eiskalten Schleier.
Wie konnte so etwas sein? Wie konnte es sein, dass hinter all dieser Schönheit die Macht des Fürchterlichen lauerte? Wie konnte es sein, dass Blumen und Wald, fröhliche kleine Hummeln und plätschernde Bäche seine Geschöpfe waren, bereit, uns in die Irre zu führen? Wie konnte so etwas sein?
„Es macht mir so Angst, Rajún!", flüsterte ich, und Rajún nickte und legte seinen Arm um mich, wie um mich zu schützen; aber ich wusste, auch er suchte bei mir Trost.
Ich konnte ihn nicht geben. Dies hier war fürchterlicher als alles zuvor.
Wenn man über eine düstere Ebene geht, gejagt von Evils Häschern, oder durch einen finsteren Wald; wenn man unter glühender Sonne durch eine Wüste ohne Wasser wandert im gleißenden Sand: Dann ist das Böse so nah und so wirklich. Aber wem soll man noch trauen, wenn selbst das Liebliche Land sich mit dem Bösen verbündet hat?
„Kaninchen!", brüllte ich. „Kaninchen, bist du noch da?"

Das Kaninchen hatte sich nicht verlaufen; neben uns mümmelte es weiter am Wegrand, noch immer nicht satt von den köstlichen Kräutern.
„Was bedeutet das, Kaninchen?", fragte ich. Fast wagte ich nicht mehr aufzusehen, denn jedes Mal hatte der Blick sich verändert: Was gerade noch rechts gewesen war, war links; und was eben noch vor uns, lag jetzt in unserem Rücken.
Das Kaninchen hob unwillig den Kopf. „Das Liebliche Land", sagte es kauend. „Das wusstet ihr doch. Das Liebliche Land der Wandernden Wege."

Da fiel es mir wieder ein, und plötzlich verstand ich, und ich sah, dass auch Rajún begriff.
„Die Wandernden Wege!", sagte er. „Oh, Anna, wie dumm von uns! Darum wurde hier nie ein Häscher gesehen! Er braucht sie hier nicht. Auch ohne die Häscher erreicht kein Wanderer jemals sein Ziel", und auf einmal sah er hoffnungslos aus. „Wir können die Burg nicht erreichen", sagte er müde. „Wie sehr wir uns auch bemühen: Die Wege führen uns immer in die Irre. Wir können gehen, bis wir vor Erschöpfung zusammenbrechen, wir können gehen, bis die Nacht anbricht und weiter bis zum Morgen: Wir erreichen nie unser Ziel. Das Liebliche Land ist seine fürchterlichste Waffe: Denn hier hilft dem Kühnen Kämpfer nicht seine Stärke und nicht sein Mut, nicht seine Klugheit und nicht einmal seine Geduld. Hier hilft dem Kühnen Kämpfer nichts." Und er sah aus, als ob er weinen wollte.
„Aber der Ring, Rajún, der Ring!", sagte ich und hielt meinen Arm vor ihn hin; an meiner Hand leuchteten die Steine, weiß und rot. „Wir haben noch immer den Ring."
Rajún sah mich an. „Und was soll er uns nützen?", fragte er

müde. „Es ist ein Spiegelring! Welche unserer Eigenschaften könnte er jetzt in ihr Gegenteil verkehren, um uns zu helfen? Es sind die Wandernden Wege, die sich verändern müssten! Nicht wir."

Da begriff ich, dass nicht einmal der Ring uns helfen konnte. Wir setzten uns ins Gras und ertrugen den wechselnden Anblick; und auch wenn wir lange gewandert waren und am Wegrand neben uns die Sträucher sich unter den Beeren bogen, spürten wir doch keinen Hunger.

„Rajún?", sagte ich schließlich. „Aber es muss eine Möglichkeit geben! Es heißt, der Kühne Kämpfer wird den Fürchterlichen besiegen: Und auch der Kühne Kämpfer müsste durch das Liebliche Land! Die Prophezeiung sagt, dass er die Burg erreicht: Es muss eine Möglichkeit geben!"

„Sei nicht dumm!", sagte Rajún voller Zorn. „Der Kühne Kämpfer ist von der Prophezeiung verheißen! Da wird er schon Hilfe finden im Lieblichen Land. Aber wir", sagte Rajún und sah mich hoffnungslos an, „sind, was du gesagt hast: die Falschen."

Nachtvögel stiegen in den Himmel, als die Dämmerung fiel; und wir legten uns unter die Sträucher und versuchten zu schlafen. In der Dunkelheit zirpten die Grillen; aber in dieser Nacht erfüllte ihr Klang mich mit Grauen, und ich schloss meine Augen und öffnete sie nicht, bevor der Morgen kam.

29.

Die Melodie

Im Osten ging die Sonne auf: Aber wo gestern Abend noch Hügel gewesen waren, erstreckte sich jetzt eine Ebene, hinter der drohend die Berge aufwuchsen; nur mühsam schälte sich die Sonne aus der Düsternis über den Gipfeln, und von einem Schleier verhangen begann sie ihre Wanderung durch den Tag.

Rajún neben mir lag still mit offenen Augen.

„Hier werden wir sterben, Anna", sagte er leise. „Hier werden wir leben und sterben. Wir werden zu essen haben jeden Tag und Wasser gegen unseren Durst: Aber fort können wir niemals mehr. Wir werden die Vögel zwitschern und die Blätter der Bäume rauschen hören im Wind, das Plätschern der Bäche und das Summen der Hummeln: Und wir werden es hassen mit all unserer Kraft, von Tag zu Tag mehr; all diese Schönheit werden wir hassen. Denn ihr entkommen können wir niemals mehr."

Ich wusste, dass er Recht hatte. Über uns sangen die ersten Vögel hoch am Himmel ihr Morgenlied, und am Wegrand zupfte das Kaninchen schon wieder friedlich seine Kräuter: Aber heute

spürte ich nicht den Frieden des Morgens, und die Wärme und die milde Luft erfüllten mich nicht mehr mit Glück.
„Ich hasse es jetzt schon", sagte Rajún und riss wild eine Blüte von ihrem Stängel. „Oh, wie sehr ich es hasse!"
Ich sah hinauf in den Himmel, an dem kleine Wölkchen wie Zuckerwatte trieben, und ich fühlte, dass es mir ging wie ihm.
„Aber es wird ja nicht besser, wenn wir hier liegen", sagte ich. „Wenn wir nichts tun, wird es nicht besser."
„Es wird auch nicht besser, wenn wir etwas tun!", rief Rajún, und die Verzweiflung machte seine Stimme böse. „Die Wege werden wandern und die Hügel und die Berge: Was macht es da für einen Unterschied, ob wir auch noch wandern und wohin?"
„Es macht einen Unterschied für uns", sagte ich, und erst als ich es aussprach, wusste ich, dass es stimmte. „Es macht einen Unterschied für uns, ob wir uns dem Furchtbaren ergeben, ohne Widerstand, oder ob wir versuchen zu kämpfen. Ich will nicht beim Trinken mein Gesicht sehen, Rajún, im spiegelnden Wasser, und jedes Mal denken: Du hast nicht getan, was du konntest! Ich will wenigstens versuchen, die Berge zu erreichen", und ich stand auf.
Rajún lag noch immer im Gras. „Wozu?", sagte er müde. „Wozu willst du dich und mich belügen? Auch wenn du tagelang wanderst, kommst du niemals ans Ziel."
„Ich fühl mich dann einfach besser", sagte ich und streckte ihm meine Hand hin, um ihm aufzuhelfen. „Ich fühl mich einfach besser, wenn ich nicht einfach alles geschehen lasse."
Rajún griff nach meiner Hand und stand langsam auf. „Woher nimmst du nur deine Zuversicht, Kühne Kämpferin?", sagte er.
Ich sagte ihm nicht, dass ich schon so viele Schrecken erlebt

hatte auf meiner Reise, dass nichts mich so schnell mehr ganz mutlos machen konnte.
„Vielleicht ist das der Ring?", sagte ich. „Vielleicht gibt er mir Zuversicht, wenn ich mutlos bin?"
„Dann sag ihm, dass er sie mir auch geben soll", sagte Rajún bitter. „Wenn er für uns schon sonst nichts mehr bewirken kann."
Dann riefen wir das Kaninchen und machten uns auf unseren Weg. Aber oh, wie anders heute alles war als am Tag zuvor! Rajún hatte die Wahrheit gesagt: Wo die Schönheit des Lieblichen Landes mich noch gestern so froh gestimmt hatte, stimmte sie mich jetzt zornig; und wir wanderten still und ohne zu sprechen. Nur das Kaninchen fraß ruhig seine Kräuter.
„Spiel wenigstens ein Lied, Rajún", sagte ich, als die Sonne schon hoch am Himmel stand; wir waren über Hügel gewandert und durch Schluchten, und wenn wir geglaubt hatten, gleich einen Baum, einen Hügel oder einen Bach zu erreichen, lag er plötzlich links von uns oder rechts. „Spiel wenigstens mein Trostlied. Ich glaube, meine Zuversicht reicht nicht mehr weit."
Da zog Rajún die Mundharmonika aus seiner Tasche und spielte, und das klang so traurig auf den Wandernden Wegen, und zum ersten Mal tröstete mein Trostlied mich nicht.
„Hör auf, Rajún", sagte ich müde. „Es hat keinen Zweck."
Aber mein Gefährte war so in sein Spiel versunken, dass er mich gar nicht hörte; er spielte mein Trostlied und danach alle Melodien, die er kannte, fröhliche und traurige: Und plötzlich sah ich, dass wir den Bergen näher waren.
„Guck mal, Rajún!", schrie ich laut. „Rajún, ich glaube, sie wandern nicht mehr!"

Und wirklich, auch als wir stillstanden und uns umsahen, zitternd vor Erwartung, blieb alles an seinem Platz: Die Hügel und die Wälder, die Sträucher und die Bäume; und die Wege wanderten nicht mehr, und die Berge waren auf einmal ganz nah.
Rajún setzte die Mundharmonika ab.
„Lass uns warten!", flüsterte er. „Lass uns eine Rast machen und warten, was geschieht."
Da setzten wir uns an den Wegrand ins Gras, und wann immer wir aufsahen ins Liebliche Land, war alles noch an seinem Platz.

„Nichts verändert sich mehr, Rajún!", sagte ich. „Und die Wege wandern nicht mehr. Jetzt ist es nur noch das Liebliche Land."
Aber Rajún glaubte es nicht, und so saßen wir, fast bis die Dämmerung fiel.
„Glaubst du es jetzt?", fragte ich.
Rajún nickte. „Aber ich verstehe es nicht", murmelte er. Dann standen wir auf und wanderten weiter, auf die Berge zu, die dunkler und drohender wurden, je mehr wir uns näherten; aber noch spürten wir keine Angst.
Erst als Rajún wieder seine Mundharmonika nahm, begriff ich, was geschehen war. Traurig und leise stieg eine Melodie in die Luft und zog weiter ins Land: Und da wusste ich es.
„Du hast sie erlöst!", rief ich. „Du hast die Wandernden Wege erlöst!"
Mitten im Lied setzte Rajún seine Mundharmonika ab und starrte mich an.
„Verstehst du denn nicht?", fragte ich. „Jedes Ding hat seine Melodie, jedes Wasser und jeder Stein, jede Pflanze und jedes

Tier und auch jeder Mensch: Das hast du mir selber erzählt! Und wer die Melodie spielt, kann sie erlösen. Du hast die Melodie der Wandernden Wege gespielt! Das Liebliche Land ist erlöst. Es ist nicht mehr in seinem Bann."
Rajún blieb stehen und sah sich um im Lieblichen Land, wo jetzt jedes Ding seinen Platz gefunden hatte.
„Wie schön es ist, Anna", sagte er leise. „Und denk nur, dass eine kleine Melodie so viel kann."
Ich lachte. „Hier werden wir sterben!", rief ich. „Hast du das gesagt? Hier werden wir leben und sterben!", und ich boxte

Rajún in die Seite und tanzte vor ihm davon; und er rannte mir nach, bis er mich fing, und schüttelte mich, und lachend fielen wir ins weiche Gras.
„Ich jedenfalls habe nicht vor, hier zu sterben", sagte ich. „Hier nicht und nirgends. Beeren essen, das will ich hier tun, und mich gut und zufrieden fühlen; aber ich habe nicht vor, hier zu sterben."
„Hatte irgendwer das jemals vor?", fragte Rajún. Und ich wusste, er spürte die Freude wie ich.
Aber wir sahen nicht zum Horizont, wo die schwarzen Felsen sich türmten; und oben, ganz oben, thronte klein und dunkel die Burg.

30.

Die Wurzeln der Berge

Eine Nacht noch blieben wir im Lieblichen Land. Noch einmal schliefen wir unter den Sternen und sprachen nicht von dem, was uns erwartete.
Aber am nächsten Morgen füllten wir Taschen und Krüge, um nicht hungern und dursten zu müssen; denn vor uns, ganz nah, lagen schon die Berge des Bösen. Und sie waren Evils Land, karg und feindlich.
Noch immer waren sie an ihrem Ort: Und wenn die Angst in mir aufsteigen wollte, die Angst vor dem, was jetzt kommen würde, dachte ich daran, dass wir es gewesen waren, Rajún, mein Gefährte, mit seiner Melodie und ich, die die Wege erlöst hatten: Und ich wollte glauben, dass auch weiterhin Hilfe kommen würde.
Noch immer beschien die Sonne das Liebliche Land; noch immer sangen die Vögel, und Schmetterlinge taumelten von Blüte zu Blüte; aber hier und da fiel schon ein Schatten über das Tal; der Schatten der Berge des Bösen.
Zu Mittag rasteten wir an einem Bach, und Rajún spielte seine Melodien. Wenn wir zurücksahen auf unserem Weg, waren da

nur Licht und Sonne über den Hügeln; aber schon jenseits des Baches begann bald Evils Land.

„Ich fürchte mich so!", sagte ich. „Jetzt hab ich schon Angst, Rajún. Wie soll das erst werden, wenn wir angekommen sind!"

Vor uns lagen die Berge des Bösen, und eine grausamere Landschaft hat noch niemand gesehen. Schwarz und schroff ragten die Felsen auf, kahl und ohne jedes Leben; und über ihnen an einem düsteren Himmel jagten schwarze Wolken, türmten sich auf und zerbarsten, gespalten von schneidenden Blitzen. Noch hörten wir nicht den Donner. Noch waren wir im Lieblichen Land.

Aber als wir den Bach überquert hatten, spürten wir, dass wir dem Fürchterlichen näher kamen. Keine Libelle stand mehr über dem Wasser, und der Gesang der Vögel verstummte. Immer öfter schien das weiche Gras zerfetzt, aufgesprengt wie von einer furchtbaren Faust, und schwarze Felsen ragten auf mitten zwischen den Halmen: Und um sie war eine schreckliche Kälte.

„Was ist das, Rajun?", fragte ich fröstelnd und sah zum Himmel, wo noch immer die Sonne stand. Aber in der Nähe der Felsen war es wie Winter.

„Das sind die Wurzeln der Berge", sagte Rajún, und nun waren die Felsen schon so viele geworden auf unserem Weg, dass es schwer wurde, ihnen noch auszuweichen, ihnen und ihrem Hof aus Kälte. „Die ragen hinein ins Liebliche Land. Gleich sind wir in den Bergen des Bösen."

Da sah ich mich noch einmal um, um Abschied zu nehmen; und für einen Augenblick dachte ich, wie dumm wir waren, dass wir nicht blieben.

Aber ich wusste ja, warum. Das Land musste von Evil befreit

werden: damit es wieder überall so schön sein konnte wie im Lieblichen Land. Das Land musste von Evil befreit werden, damit ich mich auf die Suche machen konnte nach dem Spiegel: und zurückkehren in meine eigene Welt.
Einmal noch sah ich zurück auf das Liebliche Land – dann ging ich hinein mitten zwischen die Wurzeln der Berge und fasste Rajún bei der Hand.
„Siehst du seine Burg?", flüsterte Rajún. „Siehst du die sieben schwarzen Türme? Wie sollen wir es jemals bis dort hinauf schaffen? Und wie sollen wir jemals den Schlüssel zum Tor finden, Kühne Kämpferin?"
Das Letzte aber fragte er nicht: Wie sollen wir jemals den Fürchterlichen besiegen?
Um uns herum war jetzt nur noch schwarzer Fels, und die Luft war so kalt, dass wir zitterten. Über uns dröhnte der Donner, und die Wolken öffneten sich; der Regen strömte vom Himmel, und plötzlich dachte ich, dass uns nun niemals mehr Sonnenstrahlen trocknen würden: nie mehr, bis wir den Fürchterlichen besiegt hatten, nie mehr in seinem sonnenlosen Land.
Wir kauerten uns unter einen überhängenden Fels, und es war dunkel und kalt; aber der Regen erreichte uns nicht.
„Wie sollen wir den Schlüssel finden", fragte Rajún, „wenn wir nicht einmal wissen, wo wir suchen müssen?"
Der Regen prasselte so laut, dass ich ihn kaum verstand. Noch nie hatte ich einen solchen Regen erlebt.
„Anna?", fragte Rajún.
Aber ich wusste doch auch nicht, wo der Schlüssel verborgen war.
„Wir werden ihn nicht finden", sagte Rajún und duckte sich, als ein Blitz das Dunkel zerriss: Noch einmal sahen wir ins

Liebliche Land. Dann kam der Donner. „Du weißt es doch auch. Wir sind die Falschen."

Ich sah auf den Ring. „Wir müssen es einfach versuchen, das weißt du doch", sagte ich müde. „Von Anfang an sind wir ja die Falschen gewesen. Und doch hat es jedes Mal eine Lösung gegeben. Auch jetzt müssen wir es einfach versuchen", und ich dachte wieder an den Spiegel und an mein Zuhause und daran, dass es keine andere Möglichkeit gab.

Wie lange wir da saßen unter dem hängenden Felsen, kann ich nicht sagen; aber die Zeit verging, und wir schwiegen. Auch seine Mundharmonika rührte Rajún nicht an.

Dann wurde es heller; die Blitze kamen seltener, und der Donner grollte nicht mehr so fürchterlich. Der Regen wurde zu einem sanften Getröpfel; dann schlief er ein.

„Ich glaube, wir können jetzt weitergehen", sagte ich. „Lass uns einfach zur Burg wandern. Sie ist unser Ziel, so viel wissen wir. Und vielleicht finden wir auf dem Weg auch den Schlüssel."

„Du glaubst wohl, er steckt einfach im Tor!", schrie Rajún, und ich begriff, dass seine Verzweiflung größer war als meine. Denn mir blieb keine Wahl, als den Fürchterlichen zu besiegen, wenn ich jemals wieder nach Hause wollte; er aber war freiwillig mit mir gegangen.

„Wir werden ihn finden", sagte ich und sah voller Angst auf den Ring und hoffte auf Zuversicht. „Komm jetzt, Rajún. Der Ring wird uns helfen."

Und erst als wir unter dem Felsen heraustraten ins düstere Licht der Berge des Bösen, bemerkte ich es.

„Das Kaninchen!", rief ich. „Rajún, wo ist das Kaninchen geblieben?"

31.

Im Fels

In den Tagen im Lieblichen Land hatten wir nur wenig vom Kaninchen gesehen. Es hatte gefressen und gefressen, glücklich über Kräuter und Gras; und davon, was kommen würde, hatten wir alle nicht gesprochen.

„Es ist noch mit uns aufgebrochen, heute Morgen", sagte Rajún, und dann erinnerte ich mich, dass es auch mittags am Bach noch in unserer Nähe gewesen war.

„Warum ist es überhaupt mitgekommen", sagte Rajún zornig. „Was kann ein Kaninchen schon nützen."

Aber ich dachte daran, wie das Kaninchen mich auf seinem Rücken getragen hatte. Jeder kann irgendwann nützlich sein.

„Wir müssen es suchen!", sagte ich. „Die Sonne geht unter, und wer weiß, ob nicht bald die Häscher wieder kommen! Wer weiß, ob es sich nicht verläuft, so allein!"

„Und wir?", fragte Rajún. „Wenn uns die Häscher nun finden?"

Da legte ich schon die Hände an den Mund. „Kaninchen!", rief ich hinein in die Berge.

„Kaninchen!", kam das Echo zurück.

„Du willst die Häscher wohl anlocken!", rief Rajún böse. „So hört man dich bis hinauf zur Burg!"
Aber ich wusste keinen anderen Weg, um das Kaninchen zu finden, und ich stolperte über die Steine und rief und rief.
Langsam verschwanden die letzten Sonnenstrahlen; und wenn es auch am Tag schon finster gewesen war unter den schwarzen Wolken, so war die Dunkelheit jetzt doch so tief, so lastend und so grenzenlos, dass ich glaubte, ich würde nie wieder sehen.
„Rajún?", flüsterte ich und tastete nach ihm in der Finsternis,

und er ergriff meine Hand.
„Jetzt hat es keinen Sinn mehr, nach ihm zu suchen", sagte Rajún. „Jetzt finden wir das Kaninchen nicht mehr."
Zusammen standen wir still auf einem schmalen Sims, einem Felsenweg über dem Abgrund.
„Noch einmal will ich rufen", sagte ich und hielt seine Hand ganz fest gegen die Dunkelheit. „Dann suchen wir uns einen Platz, wo wir schlafen können."
Aber es war nicht das Kaninchen, das wir hörten, als mein Ruf und das Echo verklungen waren. Nicht schnelle, trippelnde Pfoten kamen auf uns zu und nicht sein freundliches Schnaufen: Ein wildes Gejohle dröhnte durch die Nacht, Hufe im Galopp, die Felsbrocken zersprengten, wildes Wiehern, wenn ein Pferd in der Dunkelheit strauchelte; die Häscher hörten wir, und sie kamen näher.
„Die Häscher", flüsterte Rajún. „Du hast seine Häscher angelockt mit deinem Rufen, und jetzt werden sie uns finden."
„Wie sollten sie uns wohl finden in der Dunkelheit?", fragte ich, aber näher und näher kam das Dröhnen der Hufe, näher und näher das Johlen der Männer.

„Sie werden uns finden!", flüsterte Rajún. „Sie folgen deinen Rufen!"
„Dann suchen wir ein Versteck", sagte ich ängstlich, aber in der lastenden Dunkelheit, die uns umfing, wussten wir nicht, wohin wir gehen sollten; und schon nach dem ersten Schritt fand mein Fuß auf dem schmalen Pfad keinen Halt.
„Rajún!", schrie ich. Und er zog mich zurück.
„Wir können nichts tun als warten", sagte Rajún.
So standen wir auf dem Weg über dem Abgrund und pressten uns gegen den Felsen in unserem Rücken. Wenn die Häscher uns hier aufstöberten, waren wir verloren.
„Wir können nichts tun als warten und versuchen, nicht zu zaghaft zu sein", und er zog seine Mundharmonika aus der Tasche und begann leise, ganz leise, mein Trostlied zu spielen.
Über uns kamen die Häscher den Felsen hinab auf dem schmalen Weg über den Grat vom Gipfel; wir hörten ihre Stimmen lauter werden und wir sahen ihre Fackeln. Ab und zu strauchelte ein Pferd und stürzte mitsamt seinem Reiter tief in die Schlucht: Und wir hörten ihre Schreie. Aber die anderen zogen weiter, als hätten sie nichts bemerkt.
Leise, ganz leise, spielte Rajún mein Lied.
„Oh, Rajún, es tröstet mich nicht!", flüsterte ich, und meine Zähne schlugen aufeinander vor Kälte und vor Angst. „Wie soll mein Trostlied mich trösten, wenn die Häscher gleich bei uns sind?"
Aber Rajún hörte mich nicht und spielte und spielte, und schon waren das Schnauben der Pferde und der Schein der Fackeln ganz nah.
„Hier irgendwo muss sie sein, die kleine Ratte!", schrie der Erste und schwenkte seine Fackel.

„Greift sie euch, greift sie euch jetzt!", brüllte der Zweite.
„Wir bringen sie Evil, wie er es befahl!", schrie der Dritte, und jetzt erreichte der Feuerschein den Sims, und das erste Pferd setzte vorsichtig seinen Huf auf das schmale Band aus Stein.
„Rajún, gleich haben sie uns!", flüsterte ich. „Wir müssen zur anderen Seite!"
Und den Rücken gegen die eiskalte Felswand gepresst, setzte ich Fuß vor Fuß. Die Dunkelheit nahm mir die Sicht, aber ich wusste, dass vor mir der Abgrund gähnte; und links von uns johlten schon die Häscher.

„Komm mit mir, Rajún!", flüsterte ich und versuchte, ihn mit mir zu ziehen: Da leuchteten die ersten Fackeln auf zu unserer Rechten. Der Fluchtweg war uns versperrt.
„Jetzt sind wir gefangen!", flüsterte ich und drehte den Ring und bat, dass aus sichtbar unsichtbar werden möge. Aber nicht einmal das konnte uns hier auf dem Sims etwas nützen. Denn es führte kein Weg an uns vorbei, so schmal war der Pfad; und auch wenn sie uns nicht sahen, würden sie uns doch im Vorübergehen berühren. Und auch dann würden sie uns fassen.
„Greift sie euch!", brüllte der Erste. Von der anderen Seite kam der Fackelschein immer näher.
Wie hatte ich mich noch vor kurzer Zeit nach einem Lichtschein im Dunkel gesehnt! Aber jetzt kam das Licht nur, um uns zu verraten.
„Hier müssen sie sein!", schrie der Zweite.
Der Fackelschein fiel vor meine Füße; und in seinem Licht sah ich hinab in den Abgrund.
„Wir bringen sie Evil, wie er es befahl!", brüllte der Dritte.
Ich presste mir die Hände gegen die Ohren, um ihre Schreie nicht mehr zu hören, und schloss meine Augen.

So also war das Ende.
Da spürte ich, wie der Felsen hinter mir nachgab; und noch während der Spalt sich öffnete, wich die Eiseskälte.
„Rajún?", flüsterte ich.
Wie ein Sog hatte es mich in den Felsen gezogen, und während meine Augen sich an das Dämmerlicht gewöhnten, das die Höhle erfüllte, sah ich, wie sich vor mir der Fels wieder schloss.
„Rajún?", flüsterte ich ängstlich. „Rajún?"
Da stand er wirklich neben mir, die Mundharmonika noch immer an den Lippen, und hielt die Augen geschlossen. Noch immer spielte er sein Lied, und so versunken war er in seine Musik, dass er nicht einmal gemerkt hatte, wie der Berg uns aufnahm.

Ich rüttelte ihn an der Schulter. „Ich glaube, du hast es wieder getan, Rajún!", sagte ich, und jetzt öffnete er erschrocken die Augen. „Ich glaube, du hast den Felsen erlöst."
Rajún sah mich an, als erwache er aus einem tiefen Schlaf.
„Wo sind die Häscher?", fragte er.
Ich zeigte auf die Stelle, an der die Felswand sich hinter uns geschlossen hatte. Von draußen kamen jetzt Stimmen, gedämpft durch den Stein. Gerade waren die Häscher von rechts und links aufeinander getroffen, auf dem schmalen Sims in der Dunkelheit, und wir hörten ihre Schreie.
„Wo sind die beiden?", rief der Erste.
„Sind sie in den Abgrund gefallen?", fragte der Zweite.
„Ihr habt sie entkommen lassen!", brüllte der Dritte, und dann klang Metall auf Metall und die Pferde wieherten schrill, und Schreie erfüllten die Nacht.
„Sie kämpfen gegeneinander!", flüsterte Rajún. „Häscher gegen Häscher! Sie wissen, hier sind wir gewesen, und jeder

glaubt, die anderen hätten uns entkommen lassen!"
Die Schreie wurden lauter, und ich hielt mir die Hände vor die Ohren. Ich wollte nicht hören, wie sie dort auf dem Sims kämpften, Häscher gegen Häscher, und in die furchtbare Tiefe stürzten mit ihren Pferden. Zwar waren sie Evils Geschöpfe; aber ihr Ende war fürchterlich.
Nach einer Weile wurde es still.
„Jetzt ist es vorbei", sagte Rajún und legte mir seine Hand auf die Schulter. „Jetzt ist der furchtbare Kampf vorbei."
Und beide sagten wir nicht, was wir wussten: dass dort draußen

jetzt kein einziger Häscher mehr auf uns wartete. Sie hatten gekämpft bis zum allerletzten Mann, aber ich spürte keine Freude. Wie viele Häscher waren in die Tiefe gestürzt? Grausame, finstere Häscher! Und doch, wer weiß: Vielleicht waren sie einmal freundlich gewesen, Bauern und Handwerker, Großväter und Enkel; bis der Fürchterliche sie gefangen hatte und zu seinen Geschöpfen gemacht.
Ich dachte daran, was die Menschen im Dorf mir erzählt hatten: Wie Evil jeden ergriff, der das schützende Dorf verließ, Männer, die auf den Feldern arbeiteten, und Kinder, die ihnen das Essen brachten; und ich dachte an Alin den Schmied.
Jetzt waren sie tot, grausame, finstere Häscher; aber der sie zu Häschern gemacht hatte, Evil der Fürchterliche, saß noch immer in seiner Burg und trug das Zeichen des Schmieds und wartete auf seine Opfer.
Und plötzlich wusste ich, dass ich ihn wohl darum besiegen wollte, weil ich den Spiegel für meine Heimkehr finden musste: Aber genauso brennend wünschte ich mir, dass er endlich verschwand und das Land frei von ihm wäre. Nie wieder sollte er Menschen zu seinen Häschern machen.

„Nie wieder, Rajún, nie wieder!", flüsterte ich; aber Rajún lief schon durch die Höhle und legte seine Hände gegen den Stein, der kalt war, wie Steine es sind, aber ohne den eisigen Hauch, der Evils Geschöpfe umgab.
„Was so eine kleine Melodie bewirken kann, Anna!", sagte er. „Denk dir nur, ich habe die Felsen erlöst!"
„Und hier sind wir sicher!", sagte ich und setzte mich auf den Boden. „Hier schlafen wir jetzt bis zum Morgen."
„Hier schlafen wir bis zum Morgen", sagte Rajún und lehnte sich an mich. „Und morgen, Anna, morgen ..."
Aber er sprach es nicht aus, und auch ich wollte jetzt nicht daran denken: dass wir morgen Evil begegnen würden.
Im Dämmerlicht der Höhle rollten wir uns auf dem Boden zusammen; und bevor noch die Angst uns überfallen konnte, schliefen wir ein.

32.

Der Schlüssel

Als ich aufwachte, war mein erster Gedanke, dass ich all dies nur geträumt hätte: die undurchdringliche Finsternis und die furchtbaren Häscher, die Höhle, die uns gerettet hatte, und die tödliche Schlucht.
Wo gestern Abend noch Felsen gewesen waren, hatte die Höhle sich wieder geöffnet, und vor ihrem Eingang saß Rajún im Licht des verhangenen Morgens über dem Abgrund und spielte auf der Mundharmonika. Ich setzte mich zu ihm.
„Guten Morgen, Kühne Kämpferin", sagte er, als er mich sah. „Die Sonne bleibt hinter den Wolken. Sie will uns nicht helfen bei unserer Suche nach dem Schlüssel."
„Die Sonne scheint nie in den Bergen des Bösen", sagte ich, aber der Stein war noch immer rau und warm unter meinen Fingern, und mir fiel ein, dass die Berge des Bösen ihren Namen jetzt zu Unrecht trugen; und ich wollte, oh, wie sehr ich es wollte, dass auch über ihnen eines Tages wieder die Sonne schien.
Unter uns lag der Abgrund, schrecklich und tief, und ich war dankbar, dass ich nicht bis auf seinen Grund sehen konnte.

„Wir haben noch Wasser", sagte Rajún. „Lass uns den letzten Schluck teilen."
„Sollten wir nicht warten?", fragte ich. „Wer weiß, wie lange wir suchen müssen, bis wir den Schlüssel gefunden haben. Und wer weiß, ob es auf unserem Weg Wasser gibt."
„Ängstliche Anna!", sagte Rajún. „Die Felsen sind nicht mehr in seinem Bann! Glaubst du nicht, dass sie Wasser haben für den, der sie erlöst hat?"
Da spürte ich wieder die Wärme des Steins und ich glaubte an die Dankbarkeit der Berge. So ging ich in die Höhle, um unseren Korb zu holen.
Die Sonne schien durch einen Schleier, und doch reichte ihr Licht, um die Höhle heller zu machen; und da, vor meinen Füßen, blitzte es auf.
Und noch bevor ich danach griff, wusste ich schon, was es war. Hier, wo wir niemals damit gerechnet hatten. Hier, mitten im Felsen, wo wir ihn nie hätten finden können, hätte nicht Rajún die Berge erlöst.
„Der Schlüssel!", flüsterte ich. „Wir haben den Schlüssel gefunden!"
Rajún setzte die Mundharmonika ab und stürzte in die Höhle, und beide starrten wir ungläubig auf den Boden: Dort lag ein Schlüssel, fast so lang wie mein Arm und so schwer wie ein Schwert; so alt war er und sein Metall so matt, dass es ein Wunder schien, wie ich ihn in der verschleierten Sonne hatte sehen können.
„Wir legen ihn in den Korb und tragen gemeinsam", sagte Rajún. „Fühl nur, wie schwer er ist!"
„Ein großer Schlüssel für ein großes Tor", sagte ich, und ich wusste: Jetzt gab es keinen Grund mehr zu zögern.

Wir hatten die Burg angesehen aus der Ferne, die finstere Burg in den Bergen des Bösen; und wir hatten uns gefragt, wie wir jemals, jemals hineinkommen sollten. Und die Furcht, dass es niemals gelingen könnte, hatte mir Kraft gegeben: Denn wenn wir niemals in die Burg des Fürchterlichen kamen, musste ich nicht gegen ihn kämpfen. So war mein Wunsch, den Schlüssel zu finden, doch immer begleitet gewesen von der Hoffnung, dass es niemals gelänge; und beide Hoffnungen hatten in mir gewohnt und hatten sich nicht gestritten; aber nur über die eine hatte ich mit meinem Gefährten gesprochen.

„Heute wird es geschehen, Kühne Kämpferin", sagte er jetzt. „Heute gehen wir in seine Burg. Heute wirst du den Fürchterlichen besiegen."

„Wir beide, Rajún, wir beide!", sagte ich. Denn meine Angst war so groß, und ich wollte nicht allein die Kühne Kämpferin sein.

Aber Rajún schüttelte ruhig den Kopf. „Du bist die Kühne Kämpferin", sagte er, und ich wusste ja, dass er die Wahrheit sagte. Ich war nicht die Richtige; und war doch die Kühne Kämpferin. Wenn ich es nicht wagte, war alles umsonst: der Weg durch die Wüste und über den Reißenden Fluss; unsere Verzweiflung im Lieblichen Land und die Angst in den Wurzeln der Berge. Sogar der furchtbare Tod der Häscher wäre umsonst.

Und doch begann ich beim Anblick des Schlüssels zu zittern. „Wir können noch umkehren!", sagte ich bittend. „Wir können den Schlüssel jemandem bringen, der stärker ist als ich! Bestimmt gibt es kühnere Kämpfer!"

Rajún schwieg und sah mich nur an.

„Und denk nur, wenn ich unterliege! Dann hat Evil auch noch

den Schlüssel, und nie wieder wird ein anderer in seine Burg eindringen können!", sagte ich. „Ich glaube, wir sollten umkehren, Rajún!"
„Kühne Kämpferin!", sagte mein Gefährte, und jetzt lächelte er sogar. „Glaubst du, meine Angst wäre kleiner als deine? Aber der Rückweg ist so voller Gefahren wie der Weg in seine Burg. Häscher werden auf uns warten, überall, und wer weiß, ob wir unser Gehöft jemals erreichen! Angst ist ein schlechter Ratgeber, Anna. Du bist jetzt die Kühne Kämpferin."
„Ich weiß", murmelte ich. „Auch wenn ich nicht die Richtige bin." Und dann dachte ich daran, wie viel ich geweint hatte in den ersten Tagen im Land-auf-der-anderen-Seite, geweint vor Verzweiflung und Angst; aber jetzt waren meine Augen trocken.
„Wenn wenigstens die Sonne scheinen wollte", flüsterte ich. „Wenn wenigstens die Vögel singen wollten. Wenn es wenigstens hell und fröhlich wäre auf unserem Weg."
„Wie soll es hell und fröhlich sein, wenn wir in den furchtbaren Kampf ziehen?", sagte Rajún. „Dann müssten wir ja gar nicht mehr gehen. Aber ich spiel dir dein Trostlied."
Und starr vor Kälte und leer vor Angst machten wir uns auf unseren Weg.

33.

Der Aufstieg

Ja, man kann leer sein vor Angst: ganz leer und innen wie tot. Man sieht vor sich den Weg und man geht ihn: Und doch ist man so starr, als wäre man sich selber ein Fremder. So groß kann die Angst werden, dass alles gleichgültig scheint; dass alle Gedanken schlafen und alle Gefühle mit ihnen.

„Sollten wir nicht die Nacht abwarten, Rajún?", fragte ich, als ich sah, dass er zum Korb mit dem Schlüssel griff. „Sollten wir nicht im Schutz der Dunkelheit gehen?"

Rajún wartete, dass ich kommen sollte, den Korb in seiner Hand.

„Wie willst du in der Dunkelheit in den Bergen gehen, wenn du nicht weißt, wo dein Fuß Halt findet?", fragte er. „Wie willst du über den Grat kommen und auf schmalen Pfaden an den Schluchten vorbei? Hier wird uns die Dunkelheit nicht helfen."

„Aber bei Tag", sagte ich, und ich half ihm nicht, den Schlüssel zu tragen, „sehen uns die Häscher!"

Rajún antwortete nicht, aber er blieb auch nicht stehen. Erst nach einer Weile drehte er sich zu mir um.

„Bei Nacht können wir nicht gehen", sagte er, „du hast Recht: und auch nicht bei Tag. Nur zwei Dinge können wir tun, und beide sind sie unmöglich. Ist das die Entschuldigung umzukehren?" Und er ging weiter und hatte also die Antwort schon gegeben.

Das lernte ich an diesem Tag: Dass es das Richtige manchmal nicht gibt; und doch kann das keine Entschuldigung sein.

An diesem Tag wanderten wir durch die Berge des Bösen in ihrer großen Einsamkeit, und wir redeten nicht. Wir stiegen über den Grat, den am Abend grölend die Häscher hinuntergeritten waren: Aber jetzt war alles ohne Laut. Kein Hufgetrappel folgte unserer Fährte, keine drohenden Schreie hingen in der Luft; auch der Himmel blieb heute still und schickte keinen Donner. Über den Bergen des Bösen hing ein furchtbares Schweigen, und das Land war voller Erwartung.

Selbst Rajún spielte nicht auf seiner Mundharmonika.

„Wieso kommen denn heute keine Häscher?", flüsterte ich. „Wieso hat er versucht, uns zu fangen, Tag für Tag, und jetzt versperrt er uns nicht den Weg zu seiner Burg?"

„Noch sind wir nicht angekommen", sagte Rajún.

Über uns drohte die Burg mit Mauern so dick und unüberwindbar, mit Türmen so hoch und so dunkel: Aber auch von dort hörten wir keinen Laut.

„Vielleicht gibt es keine Häscher mehr", flüsterte ich. „Vielleicht hatte er sie alle ausgeschickt, uns zu suchen; und nun sind sie alle gefallen im Kampf und keiner ist übrig geblieben."

Rajún schüttelte den Kopf. „Und oben in der Burg säße nun der Fürchterliche allein?", sagte er. „Glaub nicht, dass es so leicht sein wird."

Über uns löste sich ein Fels und zerbarst vor unseren Füßen. Ich sprang zurück.
„Er erwartet uns, Anna", sagte Rajún und sah auf den zersplitterten Stein. „Wie sollte er uns nicht erwarten. Er hatte seine Häscher ausgeschickt, gestern noch. Er weiß, dass wir kommen."
„Aber die Felsen sind nicht mehr in seinem Bann", sagte ich und strich mit der Hand über den Stein.
Dann sah ich hinauf zur Burg, über der die Wolken einen wilden, schwarzen Tanz vollführten, lautlos; und ich wusste, dort wartete Evil auf seinen Gegner. Dort wartete der Fürchterliche auf mich.
Den ganzen Tag brauchten wir für unseren Aufstieg in den Bergen des Bösen, und den ganzen Tag hörten wir nichts als unsere Schritte. Als wir schließlich die Burg erreichten, fiel schon die Dämmerung.
„Glaubst du, er ist überhaupt noch da?", flüsterte ich. „Es kann doch nicht so still sein, wo Menschen sind."
Aber Rajún deutete nur auf eine Spalte im Fels. „Lass uns hier warten, bis die Dunkelheit kommt", flüsterte er. „Das letzte Stück Weg finden wir blind."
Ich sah aus unserem Versteck auf die Türme mit ihren Zinnen: Kein Häscher stand dort mit Lanze oder Speer. Die Burg lag wie tot.
„Rajún, er ist nicht mehr da! Wie könnte es sonst auch so einfach sein, zur Burg zu gelangen! Wir sind den ganzen Weg umsonst gekommen!"
Aber Rajún schwieg; und so erwarteten wir die Dunkelheit.

34.

Evil der Fürchterliche

Und Evil erwartete uns.
Als die Dunkelheit kam, lauschten wir hinaus in die Stille: Aber noch immer kam kein Laut aus der Burg. Da wusste ich, dass wir nicht mehr länger warten durften.
„Bist du bereit, Kühne Kämpferin?", flüsterte Rajún. Er gab mir seine Hand und gemeinsam tasteten wir uns zum Tor.
„Du bleibst bei mir, Rajún!", flüsterte ich, und die Angst raubte mir fast den Atem. „Du lässt mich nicht allein!"
„Ich bleibe bei dir, Kühne Kämpferin", flüsterte Rajún. „Ich bleibe bei dir, was immer auch geschieht. Ich bleibe bei dir und spiele dein Trostlied."
Er drückte meine Hand ganz fest. „Auch wenn die Prophezeiung nichts weiß von einem Gefährten", sagte er, „bleibe ich bei dir."
Da spürte ich vor mir das Holz des Tores, und wir tasteten nach dem Schlüsselloch und nahmen den Schlüssel, und was immer wir taten, dröhnte so fürchterlich in der grenzenlosen Stille.

Das Tor schwang auf, leicht; aber vor uns lag noch immer undurchdringliche Finsternis.

„Ich seh nicht, wohin wir gehen, Rajún!", flüsterte ich und tastete mich durch das Tor. „Bist du noch bei mir?"

Da schlugen mit einem Dröhnen laut wie Donner die Torflügel hinter uns zu, und gleichzeitig ertönte ein Gelächter so finster und fürchterlich, dass ich begriff: Hier hatte der Fürchterliche auf uns gewartet.

Er hatte sich nicht mehr die Mühe gemacht an diesem Tag, seine Häscher nach uns auszuschicken, weil er wusste: Jetzt, da

wir den Schlüssel besaßen, hatte er uns sicher. Wir würden kommen und eindringen in seine Burg; wir würden freiwillig kommen wie Mäuse in eine Falle.

„Willkommen, willkommen!", rief eine Stimme, und es war die furchtbarste Stimme, die ich je gehört hatte: Voll und wohltönend war sie und doch voller Hass und voller Freude am Bösen.

„Wie entgegenkommend von euch, dass ihr euch gleich selber herbemüht habt! Schon lange versuchen ja meine Getreuen, euch zu ergreifen: aber immer ohne Erfolg!" Wieder lachte er, und ich wollte mir die Hände vor die Ohren halten. „Wie freundlich, dass ihr selber gekommen seid!", sagte der Fürchterliche, und plötzlich leuchteten Fackeln in der Finsternis und kamen auf uns zu, und in ihrem Schein sah ich zum ersten Mal den Burghof: Lautlos füllte er sich mit Häschern, die mich ergriffen. „Aber ihr werdet verstehen, dass ich sichergehen möchte, dass ihr meine Gastfreundschaft noch ein wenig länger in Anspruch nehmt!"

Dann schloss sich eine eiserne Fessel um mein Fußgelenk, von der eine Kette zur Burgmauer führte: Ich war angekettet in

Evils Burg. Nach all den Mühen der letzten Tage, nach all unseren Ängsten hatte uns Evil nun gefangen.
Aber wie hatten wir auch so dumm sein können! Wie hatten wir so dumm sein können und freiwillig in seine Falle laufen! Was hatten wir denn geglaubt? Dass wir ihn im Schlaf überraschen würden, in seinen dunklen Träumen, Evil den Fürchterlichen? Dass er in seinem Bett auf uns wartete, einsam und ohne alle Waffen?
Nicht wie Kühne Kämpfer waren wir in seine Burg gekommen, mein Gefährte und ich; wie Kinder hatten wir uns verhalten und als wäre dies alles ein Spiel.
Wie Kinder hatten wir uns verhalten: Denn ich war Anna, zehn Jahre alt und nicht mal besonders groß für mein Alter; und ich wollte keine Kühne Kämpferin mehr sein.
„Ruht euch aus, ruht euch aus!", rief die Stimme, und sie hallte durch den Burghof, den die Häscher jetzt wieder verließen, fast lautlos. In die Fugen der Mauern hatten sie ihre Fackeln gesteckt; und das Flackern warf zitternde Schatten auf Boden und Wände. „Bald komme ich wieder, meine Kinder! Bald komme ich wieder, und ich freue mich schon!"
Das Schweigen, das nun folgte, erschien mir noch drohender als seine Stimme. Es war ein Schweigen, in dem die Spannung knisterte, ein Schweigen voller Erwartung und voller Geheimnisse. Voller grausamer, schrecklicher Geheimnisse.
Und doch spürte ich etwas wie Freude, als ich zum ersten Mal wagte, mich umzusehen.
„Rajún!", flüsterte ich, und sein Name füllte den Hof und warf tausend flüsternde Echos zurück.
Auf der anderen Seite des Hofes, so weit von mir entfernt, wie es nur möglich war, saß mein Gefährte, angekettet wie ich.

„Kühne Kämpferin!", flüsterte Rajún; und im Hall des tausendfachen Echos klang der Name wie ein Hohn.
Und doch war ich so froh, meinen Gefährten zu sehen. Ich war so froh, nicht allein zu sein im unheimlichen Flackern der Fackeln und in Evils Gewalt. Und ich hätte so gern Rajúns Arm um meine Schulter gespürt.
„Wir haben alles falsch gemacht!", flüsterte ich, und „Falsch gemacht! Falsch gemacht!", flüsterten die Mauern zurück.
„Wir hätten doch wissen müssen, dass man ihn nicht so einfach besiegen kann!", und „Siegen kann! Siegen kann!", flüsterten die Mauern.

Eine Weile blieb Rajún still.
„Aber was hätten wir denn sonst tun sollen?", flüsterte er schließlich. „Wie sollten wir wissen, was richtig war?"
Ich schwieg. Der Kühne Kämpfer hätte es vielleicht gewusst, dachte ich. Er hätte Evil hinausgelockt aus seiner Burg. Der Kühne Kämpfer wäre nicht in die Falle getappt. Aber wir, mein Gefährte und ich, waren falsch. Wir hatten es versucht mit all unserem Mut; aber wir waren die Falschen.
Die Fackeln flackerten knisternd, und der Stein unter mir war eisig. Ich versuchte, mich auszustrecken, um zu ruhen; aber die Kälte brannte auf meiner Haut, und obwohl ich keine Kraft mehr hatte, um an anderes zu denken als an meine Angst, spürte ich doch, wie die Eiseskälte bis an mein Herz kroch.
„Rajún, mir ist so kalt!", flüsterte ich, und während die Mauern mir höhnisch antworteten: „So kalt! So kalt!", sehnte ich mich danach, Rajúns Wärme zu spüren.
„Du hast Recht, wir hätten es niemals versuchen sollen", sagte Rajún, und seine Stimme klang flach und ohne alles Leben.

„Wir hätten uns dem Wissen beugen sollen, das wir besaßen: dass das Kaninchen einen Fehler gemacht hat. Dass nicht du gemeint bist von der Prophezeiung. Wir hätten niemals versuchen sollen, das Schicksal zu überlisten."

„Und alles dem Fürchterlichen überlassen", sagte ich müde. „Das ganze Land, jeden Stein und jede Pflanze, jedes Tier – und jetzt auch die Herzen der Menschen."

Rajún schwieg, und nur die Mauern antworteten mir.

„Rajún?", flüsterte ich erschrocken.

Denn jetzt hörte ich sein Schluchzen, und schließlich sagte mein Gefährte: „Ich kann immer nur daran denken, was kommen wird, Anna; und ich habe so furchtbare Angst." Wieder schluchzte er, und ich wünschte mir so sehr, ihn in meine Arme zu nehmen und zu trösten, damit ich selber getröstet wäre. Und ich hasste Evil und seine Häscher, die uns getrennt hatten: Ich hasste sie für alles, was sie diesem Land angetan hatten; aber gerade jetzt hasste ich sie am meisten dafür, dass Rajún und ich uns nicht in die Arme nehmen konnten in unserer Angst und unserer Verzweiflung.

„Ich will nicht daran denken, was kommt!", sagte ich trotzig, und ich hielt die Hand vor mein Gesicht, um im Fackelschein den Ring zu betrachten, den weißen Stein über dem roten.

„Hilf doch, Ring, hilf!"

Aber nichts geschah.

„Hier werden wir sterben, Anna", sagte Rajún leise, und ich erinnerte mich, wie er es schon einmal gesagt hatte: „Hier werden wir leben und sterben", hatte er gesagt im Lieblichen Land der Wandernden Wege. Aber jetzt sprach er nur noch vom Tod, nicht vom Leben; und beide wussten wir, dass es bald so weit sein würde. Bald; wenn Evil zurückkam.

Da hörte ich über mir ein Rauschen, das näher kam, ein mächtiges Rauschen in der Dunkelheit; aber schwarz vor dem nächtlichen Himmel waren die Schwingen nicht zu erkennen. Und doch wusste ich, was das Rauschen bedeutete.
„Der Vogel, Rajún", sagte ich. „Der Verräter kreist über der Burg."

35.

Der Spiegel

Das Rauschen wurde lauter und ich hörte das Schlagen der Flügel: Dann schließlich sah ich den Vogel, wie er kreiste über der Burg, über dem Burghof, ganz nah.
„Was will er denn noch?", sagte ich. „Jetzt, wo uns der Fürchterliche längst in seiner Gewalt hat?"
Ich hob meine Faust hinauf zum Himmel, wo der Vogel über mir stand in der Luft: Und ich sah, dass er etwas in seinen Krallen hielt. Tiefer zog er und tiefer, und ich spürte den Lufthauch seiner Schwingen, und ich schlug die Hände vor mein Gesicht.
So sah ich nicht, wie der Spiegel aus seinen Krallen fiel; so fing ich ihn nicht, und mit leisem Klirren schlug er vor meinen Füßen auf das steinerne Pflaster des Hofes.
Ich öffnete die Augen. Schon hatte das Rauschen sich entfernt, aber vor mir, so nah, dass ich ihn greifen konnte auch in Ketten, lag der Spiegel des Schmieds: Und selbst in der Dunkelheit des Burghofs leuchtete sein silberner Rand, und der Schein der Fackeln spiegelte sich in seinem Glas.

„Er hat mir den Spiegel gebracht!", flüsterte ich und beugte mich vor. „Jetzt bin ich gerettet!"

Und eine Welle der Erleichterung strömte über mich und füllte mich mit grenzenloser Leichtigkeit und Wärme; und am liebsten wollte ich jubeln.

Der Vogel hatte mir den Spiegel gebracht! Der Vogel war kein Verräter. In all dieser Zeit war er uns nur gefolgt, um zu wissen, wo er uns finden konnte; um mir den Spiegel zu bringen, sobald er ihn fand.

So war ich jetzt doch noch gerettet. Ich musste nur den Spiegel aufheben und ihn drehen auf seine goldene Seite: Schon wäre die Burg vergessen wie ein böser Spuk. Ich musste nur in den Spiegel sehen, schon wäre ich zu Hause: Der Kastenwagen würde an der Ampel stehen, und die Mütter würden ihre Kinder zum Abendbrot rufen, und ich musste rennen, um Mama nicht warten zu lassen.

Mit zitternden Fingern griff ich nach dem silbernen Glanz. Konnte es so einfach sein? Konnte es sein, nach all diesem Grauen, dass ich jetzt nur den Spiegel drehen musste – und schon wäre ich gerettet?

Schon wäre ich gerettet; aber nicht das Land-auf-der-anderen-Seite. Ich würde nach Hause zurückkehren in mein alltägliches Leben und jeden Morgen zur Schule gehen und mich mit Katja streiten und von Assal die Hausaufgaben abschreiben und böse sein auf Nasrin, weil sie mir meine Freundin wegnahm: Aber das Land-auf-der-anderen-Seite wäre noch immer in Evils Gewalt. Noch immer besaß er das Zeichen des Schmieds, das Medaillon, das ihm Macht über die Herzen der Menschen verlieh; aber ich würde gehen und versuchen, dies alles zu vergessen.

Dies alles; und auch Rajún, meinen Gefährten.

Ob ich zögerte, wenigstens einen Augenblick? Ob ich mich dafür schämte, wie sehr ich mich über meine Rettung freute, so sehr, dass ich alles andere vergaß?
Ich schämte mich nicht, nach dem Spiegel zu greifen. So groß war meine Angst gewesen und so groß jetzt meine Erleichterung: Ich war nicht die Kühne Kämpferin; und ich wollte nach Hause.
Ich griff nach dem Spiegel und hielt ihn vor mein Gesicht; und ich sah in meine Augen, in denen noch die Angst hinter der Erleichterung lauerte, die Angst, aber keine Scham; und ich war erschrocken, wie müde ich aussah.

Ich habe doch alles versucht!, dachte ich und warf einen letzten Blick auf den Burghof und auch auf meinen Gefährten. Ich habe versucht, was ich konnte: Aber was ich konnte, war nicht genug. Jetzt kehre ich dorthin zurück, wohin ich gehöre; und es ist nicht meine Schuld, dass ich nicht der Kühne Kämpfer bin.
Und ich drehte den Spiegel.
Die Angst vor Evil war furchtbar gewesen. Aber viel furchtbarer noch war meine Verzweiflung, als ich sah, dass die Rückseite des Spiegels zerbrochen war.

36.

Der Kampf

Die Angst vor Evil hatte mir die Luft abgeschnürt, bis ich geglaubt hatte, es könne fürchterlicher nicht sein: Aber noch viel grausamer war jetzt die Hoffnungslosigkeit.

Ich sah in das tote Auge des Spiegels und ich sah die Scherben auf den Steinen. Nie mehr würde ich nach Hause zurückkehren.

Ich sah in das tote Auge des Spiegels und drehte ihn um und sah mein Gesicht. Nie mehr würde ich zurückkehren, nie mehr. Und ich begriff, dass diese Hoffnung allein es gewesen war, die mir Kraft gegeben hatte in all der schrecklichen Zeit. Sie allein war es, die mir geholfen hatte, die Kühne Kämpferin zu sein: die Hoffnung, dass ich nach dem Sieg über Evil zurückkehren würde.

„Anna?", flüsterte Rajún. „Anna, was fehlt dir?"

„Der Vogel hat den Spiegel gebracht", sagte ich dumpf.

Rajún zögerte, bevor er mir Antwort gab.

„Dann wirst du jetzt gehen", sagte er leise. „Und mich hier alleine zurücklassen."

Und da erst verstand ich wirklich, was ich hatte tun wollen, und zum ersten Mal spürte ich Scham: Und trotzdem wünschte ich noch immer, dass es mir möglich wäre.
„Der Spiegel ist zerbrochen", sagte ich. „Ich kann nie mehr zurück."
Es klang wie ein Seufzer, als Rajún mir jetzt antwortete, aber ob es ein Seufzer der Erleichterung war oder ein Seufzer des Mitgefühls, wusste ich nicht.
„Arme Anna!", flüsterte Rajún. „Arme, arme Anna!"
Da sagte ich nichts von meinem Verrat.
„Jetzt ist es egal", sagte ich stattdessen, „wenn Evil mich tötet. Jetzt, wo ich nie mehr nach Hause kann", und über dem Burghof dröhnte der Donner, als ich seinen Namen aussprach, und ein Sturmwind löschte die Fackeln.
„Denk nicht daran, Anna!", flüsterte Rajún. „Du kannst bei uns bleiben auf dem Letzten Gehöft! Du kannst meine Schwester sein!"
Aber ich hörte ihm nicht zu. Jetzt endlich würde ich gegen Evil kämpfen ohne Angst. Ich hatte nichts zu verlieren.
„Evil!", schrie ich, und wieder heulte der Sturm. „Evil, komm! Ich will kämpfen!"
Und ich hörte kaum, wie Rajún rief, dass ich still sein solle, und ich wollte nur, dass es zu Ende war.
Dann erschien Evil in all seinem Glanz. Er stand vor mir, ein weißer Ritter, wie aus dem Nichts und als hätte ein Blitz ihn gebracht; und um ihn war ein finsteres Leuchten, wie ich nie eins gesehen hatte: ein Licht, in dem das Weiß seiner Rüstung kalt erschien und düster zugleich; ein Leuchten des Schreckens.
„Du rufst nach mir, kleines Mädchen?", sagte er, und in seiner

Stimme mischten sich Zorn und Spott. „Willst du nicht deine letzten Stunden genießen?"
Da füllte der Hof sich mit Stimmen, die ich kannte; mit Evil waren seine Häscher gekommen. Sie drängten sich in den Hof, mehr und mehr, bis fast kein Raum mehr schien, und alle trugen sie Fackeln. Aber gegen Evils dunkles Leuchten war ihr Schein matt.
Und während Evil sprach und die Häscher den Burghof betraten, begannen meine Zähne aufeinander zu schlagen. Denn ich hatte geglaubt, jetzt wäre mir alles gleich; ich hatte geglaubt, ich hätte nichts zu verlieren und darum keine Angst: Aber Evil war so fürchterlich und sein Leuchten so finster, dass ich wünschte, ich hätte ihn niemals gerufen.
„Du willst kämpfen, kleines Mädchen?", sagte Evil, und jetzt stand er vor mir und ich sah in sein kaltes Gesicht. Es war das Gesicht eines Menschen; aber in seinen Augen lag eine Sehnsucht zu quälen, die mich verstummen ließ.
„Du hast geglaubt, du könntest die Kühne Kämpferin sein", sagte Evil, und langsam, ganz langsam löste er die Kette von meinem Fuß. „Du hast geglaubt, du wärest klüger als die Prophezeiung. Nun werden wir sehen", und er lachte wieder sein furchtbares Lachen.
Ich sah den Hass in seinen Augen, und ich wusste, dass ich verloren war. Auf seiner Brust glänzte das Zeichen des Schmieds: Evil hatte die Wahl. Er konnte mich töten mit seinem Schwert; und er konnte mein Herz in seinen Bann schlagen mit dem Medaillon auf seiner Brust, und vor beidem war meine Angst so grenzenlos groß.
Und doch wusste ich, welche Angst größer war.
„Ja, lass uns kämpfen", sagte ich, und meine Stimme zitterte

so, dass die Worte kaum zu hören waren. „Lass uns kämpfen, dann werden wir sehen", und ich sah Evil an in seiner Rüstung und mit all seinen schrecklichen Waffen; ich aber war Anna, zehn Jahre alt, und meine Hände waren leer: ein Kühner Kämpfer, bewaffnet nur mit seinem Mut. Aber mutig war ich nicht, und ich wusste nicht, wie lange mich meine Beine noch tragen würden.

Ich schlug die Hände vor mein Gesicht, und da sah ich den Ring, den weißen Stein über dem roten; und ich dachte, dass jetzt der Augenblick wäre, um aus Angst Mut zu machen und aus meiner Schwäche die richtige Kraft.

„Du hast Angst, kleines Mädchen!", sagte der Fürchterliche, und ich hörte an seiner Stimme, wie sehr es ihn freute. „Damit hast du Recht! Es wird ein ungleicher Kampf!", und er zog sein Schwert aus der Scheide und warf es mir zu.

Da hörte ich die Melodie. Rajún saß auf der anderen Seite des Hofes, von den Häschern vor mir verborgen, und spielte mein Trostlied, und vor mir schlug das Schwert auf das Pflaster.

„Ich will dein Schwert nicht", sagte ich. Ein Kühner Kämpfer, bewaffnet nur mit seinem Mut.

Ob es Mut war, was ich spürte, kann ich nicht sagen; aber auf der anderen Seite des Hofes spielte Rajún mein Trostlied. Ich war nicht allein.

„Dann wird der Kampf kurz sein!", brüllte der Fürchterliche, und in seiner Stimme lag nicht mehr nur Hass, sondern auch furchtbare Wut. Denn das gerade war es ja, was er wollte: sehen, wie ich zitterte vor Angst, und hören, wie meine Zähne aufeinander schlugen.

Um den Hof trieb Evil mich, Schritt für Schritt; langsam kam er auf mich zu, Hass in seinem Blick, und ich wich vor ihm

zurück, bis ich stolperte und mich wieder aufrichtete und wieder stolperte und fiel.
Ich lag auf den kalten Steinen des Hofes, und über mir lauerte Evil, so groß und so grausam, und ich wusste, dass es jetzt zu Ende war. Ich war nicht die Kühne Kämpferin. Der Fürchterliche hatte gesiegt.
Aber noch immer war es ihm nicht genug. So groß war seine Grausamkeit und so fürchterlich sein Hass, dass er sich noch länger freuen wollte an der Angst in meinen Augen, und mit einer knappen Geste seiner Hand befahl er mir aufzustehen.

Warum gehorchte ich noch? Ich sprang auf und jagte über den Hof, wo die Häscher mir eine Gasse bildeten; bis zur anderen Seite hastete ich, bis zur Mauer. Dort war meine Flucht zu Ende.
Den Rücken gegen die schwarzen Steine gepresst stand ich und sah dem Fürchterlichen entgegen.
Mit bloßen Händen kam er jetzt auf mich zu in seinem furchtbaren Glanz; und ich stand ganz still und lauschte meinem Lied.
Ich lauschte meinem Lied, als es geschah. Ich lauschte meinem Lied, und ich spürte seinen Trost, und eine große Ruhe kam über mich, als ich Evil entgegenging, das Medaillon in meinem Blick.
Der Glanz verlosch.
Das furchtbare Leuchten erlosch, und als ich es sah, glaubte ich es nicht, und als ich es glaubte, war der Fürchterliche schon verschwunden: Als wäre er geschmolzen wie alter Schnee, und wo eben noch ein grausamer Ritter gedroht hatte, furchtbar in seiner kalt leuchtenden Rüstung, stand jetzt ein kleiner grauer

Mann, gebückt, mit erschrockenem Gesicht, und umklammerte das Medaillon mit zitternden Fingern.
„Evil!", flüsterte ich. „Evil!"
Aber kein Donner dröhnte, und kein Sturm peitschte durch den Hof und löschte die Fackeln. Ein kleiner grauer Mann sah erschrocken zu mir hin und wich ein paar Schritte zurück.
„Gib mir das Medaillon, Evil", sagte ich sanft. „Der Bann ist gebrochen", und ich ging auf ihn zu und streckte ihm meine Hand entgegen.
Da weiteten sich seine Augen vor Schreck und er riss sich das Medaillon vom Hals und warf es auf den Boden; und im selben Augenblick hörte ich um mich herum ein Geräusch, als wenn Menschen vom Schlaf erwachen, ich hörte Lachen und fröhliche Rufe. Und während ich Evil noch nachsah, wie er eilig aus dem weit geöffneten Burgtor davonlief, hinaus in die Berge des Bösen, über denen der Himmel sich rötlich färbte im Licht des beginnenden Tages, umarmten sich um mich herum die Menschen, die seine Häscher gewesen waren: Männer und Frauen, Alte und Junge, und sie weinten und lachten vor Freude.
Das Land war erlöst.
Das Land war erlöst, und ich war seine Kühne Kämpferin: Und doch hatte ich gar nichts getan. Aber an der Burgmauer saß noch immer Rajún mit geschlossenen Augen und spielte mein Lied wie im Traum; und er sah nicht, was um ihn herum geschah.
„Rajún!", rief ich und lief zu ihm hin. „Rajún, es ist schon vorbei! Wir haben Evil besiegt!"
Rajún schlug die Augen auf, und ein letzter kleiner Ton hing noch lange in der Luft.
„Anna!", sagte er. „Du lebst!"

Dann sah er die Menschen im Burghof, Männer und Frauen in der Kleidung des Landes, die sich in die Arme fielen und lachten und weinten.
„Wo ist Evil?", fragte Rajún.
Da ging über den Zinnen die Sonne auf.
Die Sonne war zurückgekehrt in die Berge des Bösen, die jetzt einen neuen Namen brauchen würden. Das Land war wirklich erlöst.

37.

Das Fest

Wir saßen auf dem von der Sonne erwärmten Pflaster des Hofes und feierten ein Fest. Die Menschen hatten ein großes Feuer entzündet, und ein Ochse drehte sich am Spieß.

Ein alter Mann spielte auf seiner Harmonika, und eine junge Frau spielte Flöte; und wer immer Lust hatte, tanzte und sang, während vom Feuer der gute Geruch des Bratens herüberzog.

Durch das Tor kamen weitere Männer und Frauen; gebeugt zuerst und müde mischten sie sich unter die Feiernden.

„Die Häscher aus der Nacht in den Bergen!", sagte Rajún. „Die Häscher, die in die Schlucht gestürzt sind: Auch sie sind jetzt erlöst."

„Sie leben!", sagte ich erstaunt.

Rajún nickte. „Auch sie hast du erlöst, Kühne Kämpferin", sagte er. „Du hast das ganze Land erlöst."

Wir saßen ein wenig von den andren entfernt, Rajún, mein Gefährte, und ich, und sahen durch die Zinnen. Von oben ging der

Blick weit über das Land, das warm und freundlich im Sonnenschein lag; und die ersten Vögel zwitscherten über der Burg.
„Aber ich habe gar nichts getan!", sagte ich. „Verstehst du denn nicht! Ich habe gewusst, dass ich ihn nicht besiegen kann, und ich habe einfach nur gewartet – und dann war es plötzlich geschehen!"
„Du musst etwas getan haben", sagte Rajún.
Ich schüttelte wild den Kopf. „Ich habe gewartet!", sagte ich. „Begreifst du denn nicht? Da war doch nichts, was ich tun konnte!"
„Du weißt es nur nicht", sagte Rajún. „Irgendetwas hast du getan."
„Ein Kühner Kämpfer, bewaffnet nur mit seinem Mut", sagte ich. „Aber ich war nicht mutig, und ich war nicht der Kühne Kämpfer! Und doch ist das Land jetzt erlöst."
„Wohin er wohl gelaufen ist", sagte Rajún.
„Ein kleiner grauer Mann", sagte ich. „Nur ein kleiner grauer Mann. Niemand wird ihn jetzt mehr erkennen."
„Das schadet nichts", sagte Rajún. „Er kann kein Unheil mehr anrichten."
Er stand auf und zog mich zum Feuer. „Komm mit, Kühne Kämpferin", sagte er. „Und danke, dass du für uns gekämpft hast. Und danke, dass du uns erlöst hast."
Ich ging mit ihm zum Feuer. Eine Frau reichte mir einen Krug. „Wie können wir euch jemals danken?", sagte sie. „Dafür, dass wir nicht mehr seine grausamen Häscher sein müssen?"
„Wie können wir euch jemals danken", sagte ein Mann und reichte mir Brot, „dafür, dass unsere Herzen aufgetaut sind und wieder schlagen in Freude und Schmerz?"
„Wie können wir euch jemals danken", sagte ein alter Mann,

der eine Geige an die Schulter hielt, „dafür, dass wieder die Sonne scheint über den Bergen des Bösen?"
Und jetzt drängten sich alle um uns, und Rajún und ich standen in ihrem Kreis und sahen uns an.
„Ich habe ihn nicht besiegt", sagte ich leise. „Das ist alles ein Irrtum. Ich habe gar nichts getan."
Die Menschen sahen erstaunt aus, dann nickte der Mann mit der Geige.
„Natürlich hast du ihn nicht besiegt", sagte er. „Du warst so mutig, dich ihm entgegenzustellen: Aber nicht du hast ihn besiegt."
Er lächelte. „Der Junge mit der Mundharmonika", sagte er. „Der Junge hat den Bann gelöst. Der Junge hat Evils Melodie gespielt", und alle, die im Kreis um uns standen, nickten, als hätten sie es immer gewusst.
Und in mir wurde es plötzlich ganz kalt. Ich war nicht die Kühne Kämpferin. Ich war nicht die Kühne Kämpferin.
Wir tanzten mit den anderen zur Musik der Geige, der Flöte und der Harmonika; wir aßen und tranken und lachten. Und doch war mein Herz nicht dabei.
„Rajún", sagte ich, als wir später still am Feuer saßen und der Geige lauschten, die den Abend begrüßte, „ich bin nicht die Kühne Kämpferin. Nicht einmal die Falsche. Ich war überhaupt gar nicht nötig, für nichts. Ich bin ganz umsonst durch die Wüste gegangen, ich habe ganz umsonst Angst gehabt. Du hast das Land von Evil befreit. Ich war überhaupt gar nicht nötig, für nichts."
Rajún sah auf die Mundharmonika in seiner Hand und antwortete nicht.
„Und jetzt bin ich hier gefangen", sagte ich. „Und kann nie

mehr nach Hause. Und alles umsonst." Und ich spürte das Schluchzen in meinem Hals und die Tränen in meinen Augen.
Rajún sah mich noch immer nicht an. „Aber ohne dich wäre ich auch nicht gegangen", sagte er dann. „Du bist nicht die Kühne Kämpferin: Aber ohne dich wäre Evil nicht besiegt. Wenn du nicht aufgebrochen wärest, wäre ich auch nicht gegangen. Und so war gar nichts umsonst."
Ich starrte ihn an.
„Und wenn du dich ihm nicht entgegengestellt hättest", fuhr Rajún fort, „trotz all deiner Angst: Dann hätte ich auch nicht dein Trostlied gespielt. Dein Trostlied ist Evils Melodie. Nur dein Trostlied konnte Evil erlösen", und jetzt sah Rajún mir in die Augen. „Es war gar nichts umsonst", sagte er. „Alles ist gekommen, wie es musste."
Ich dachte nach.
„Aber die Prophezeiung hat sich nicht erfüllt!", sagte ich. „Es war alles falsch, von Anfang an: Das Kaninchen hat den Spiegel der Falschen gebracht, und nicht der Kühne Kämpfer hat Evil besiegt. Es war alles falsch."
Da lachte Rajún.
„Aber jetzt ist es richtig!", rief er. „Evil ist erlöst und sein Bann ist gebrochen, und unser Land ist befreit. Wen kümmert es da, wie es geschehen ist?"
Er lachte wieder und sprang auf.
„Die Falsche kann die Richtige werden!", rief er. „Weißt du nicht mehr? Das hat mein Vater gesagt."
„Und wir sind die Richtigen geworden", sagte ich und dachte daran, dass es mein Trostlied gewesen war, das den Fürchterlichen erlöst hatte, und ein Schauder lief mir über den Rücken.

„Natürlich!", rief Rajún und zog mich zum Feuer, wo der Tanz immer ausgelassener geworden war. „Warum sollte der Falsche nicht der Richtige werden, wenn er nur alles versucht?"
Dann mischten wir uns unter die Tanzenden und feierten mit ihnen im Schein des Feuers.

38.

Der Weg zurück

Es war Rajún, der nach dem Schmied zu suchen begann, noch spät in der Nacht.
„Verstehst du denn nicht?", sagte er. „Alin der Schmied hat die Gabe! Er hat das furchtbare Medaillon geschmiedet, den Ring und den Spiegel: Warum sollte er dir nicht einen neuen Spiegel schmieden können?"
In mir stieg eine vorsichtige kleine Hoffnung auf.
„Ich möchte dich so gerne bei mir haben, Anna", sagte Rajún. „Aber ich verstehe, dass du nach Hause möchtest wie wir. Und dein Zuhause liegt hinter dem Spiegel."
„Und ich könnte dich dann ja auch immer besuchen!", rief ich, als ich verstand. „Wenn er mir einen Spiegel schmiedet! Ich brauchte ihn nur zu drehen, und schon wäre ich bei dir!"
Und fast tanzte ich jetzt so fröhlich wie die anderen alle.
Aber Alin war nicht unter ihnen.
„Sie werden ihn suchen!", sagte Rajún tröstend, als wir am nächsten Morgen aufbrachen aus der von Sonne beschienenen Burg. Männer und Frauen lagen sich in den Armen, bevor sie

in verschiedene Richtungen auseinander gingen: jeder in sein eigenes Dorf. Zu seinem eigenen Zuhause.
„Sie alle werden ihn für dich suchen", sagte Rajún. „So wie alle anderen Häscher erlöst sind, ist sicher auch Alin erlöst."
Ich wollte ihm so gerne glauben.
In den Wurzeln der Berge trafen wir das Kaninchen. Es saß verloren hinter einem der Felsen, auf denen jetzt weiches Moos zu wachsen begann, und sah uns entgegen.
„Ist alles vorbei?", flüsterte es. „Ist alles vorbei?"
„Also hier bist du, Kaninchen!", rief ich. „Wir haben so nach dir gesucht! Wir haben nach dir gerufen und wären fast von den Häschern gefangen worden!"
Das Kaninchen sah auf den Boden.
„Ich war mir nicht sicher", murmelte es. „Ihr versteht? Von welchem Nutzen ich sein könnte. Oben auf der Burg. Was ich hätte nützen sollen im Kampf gegen den Fürchterlichen. Und ich wollte – nicht stören."
Rajún sah böse zu ihm hinunter. „Du warst wieder feige!", sagte er dann. „Du hattest einfach nur Angst! Darum bist du zurückgeblieben!" Er packte das Kaninchen am Nackenfell. „Zuerst bringst du den Spiegel der Falschen!", sagte er. „Und dann drückst du dich vor dem Kampf! Du bist feige, Kaninchen, und dumm und nicht zu viel nütze!"
Das Kaninchen zappelte. „Sicher, so kann man es sehen!", sagte es flehend. „Sicher, sicher! Aber habe ich richtig verstanden: Der Fürchterliche ist besiegt?"
„Evil ist erlöst", sagte ich, und kein Donner sprengte die Wolken, und über die Berge toste kein Sturm.
„Ich dachte es mir, ich dachte es mir!", sagte das Kaninchen. „Würdest du mich wohl freundlicherweise wieder absetzen? Ich

dachte es mir, als ich die Sonne sah über den Bergen und das Licht auf der Burg und als ich die Tanzmusik hörte. Andererseits: Konnte ich sicher sein? Es hätte auch eine Falle sein können."

„Du bist feige, Kaninchen", sagte Rajún wieder und setzte es sanft auf den Boden.

„Sicher, sicher, so kann man es sehen!", sagte das Kaninchen und schüttelte sich. „Andererseits: Ist das Land nicht befreit? Ist mein Auftrag also nicht erfüllt? So sehr viel kann ich nicht falsch gemacht haben."

Ich lachte.

„Ich jedenfalls freue mich, dass du wieder da bist, Kaninchen", sagte ich, und dann wanderten wir gemeinsam durch das Liebliche Land, und als wir an den Abgrund kamen, in dem der Reißende Fluss getost hatte, bauten wir aus Ästen einen Steg und kamen leicht auf die andere Seite. In der Schlucht sprudelte ein freundlicher Bach.

„Erinnerst du dich?", fragte Rajún. „Erinnerst du dich, wie wir die Brücke gesucht haben? Erinnerst du dich, wie die Häscher dich fast ergriffen?"

Da sahen wir einen Mann, der aus der Schlucht nach oben stieg, so nass, dass er tropfte: Einen kräftigen Mann im schwarzen Lederwams, und als er die Höhe erreichte, stieß er einen Freudenschrei aus, so laut, dass der Boden erbebte.

„Ich bin wieder frei!", schrie der Schmied, und ich wusste, dass er es war, als ich sein Lederwams sah und die Rußspuren in seinem Gesicht. „Ich bin wieder frei!"

„Alin der Schmied!", flüsterte ich, und dann stürzte ich auf ihn zu.

Also war er es gewesen, in seiner Häschergestalt, der versucht

hatte, mir über den Fluss zu folgen; es war Alin, der in die Tiefe gestürzt war.
„Alin der Schmied!", und ich hielt ihm den Ring entgegen und das Medaillon. „Hier hast du dein Medaillon von Evil zurück! Hier hast du den Ring!"
Der Schmied sah mich an, als könne er es nicht glauben.
„Ein kleines Mädchen!", sagte er. „Ein kleines Mädchen bringt mir das Medaillon zurück! So war also ein kleines Mädchen die Kühne Kämpferin!" Und er schüttelte den Kopf und lachte. Den Ring setzte er auf seinen Finger.
„Nein, so ist es nicht gewesen!", sagte ich schnell. „In Wirklichkeit hat ihn die Melodie erlöst. Und die hat Rajún gespielt."
Aber der Schmied hörte mir gar nicht zu. Er sah auf das Medaillon in seiner Hand, das matt und schmutzig und rostig war; dann strich er sanft mit dem Finger darüber.
„Die Kraft ist gebrochen", flüsterte er. „Es ist nur noch ein Stück Metall. Die Kraft ist gebrochen."
Er lächelte uns an.
„Wie kann ich euch nur danken?", sagte er dann. „Ihr habt dem Furchtbaren das Medaillon entrissen, das ihm Macht über die Herzen der Menschen gab; ihr habt den grausamen Bann gebrochen über dem Land, und auch ich bin jetzt erlöst: ein Schmied wie andere auch! Ich spüre das Medaillon in meiner Hand, und es bleibt, was es war: ein rostiges Stück Metall. Auch ich bin erlöst: Ich habe die Gabe verloren!", und er lachte jubelnd und packte mich unter den Armen und schleuderte mich juchzend im Kreis, wie Papa es früher manchmal getan hatte, als er noch nicht bei uns ausgezogen war.
„Ich bin erlöst!", rief der Schmied und setzte mich ab. „Ich

habe die Gabe verloren! Und so kann ich ins Dorf zurück, zu den anderen." Und er packte Rajún und schleuderte auch ihn im Kreis wie eben mich.
Ich aber fühlte, wie alle Wärme aus mir verschwand. Der Schmied war erlöst wie das Land: Er hatte die Gabe verloren. Nie mehr würde er mir einen neuen Spiegel schmieden können.

39.

Der Rat des Kaninchens

Durch die Weiten der Wüste trug mich Alin der Schmied auf seinen Schultern. „Kleines Mädchen!", flüsterte er. „Kleines Mädchen!", aber ich schloss meine Augen. Ich wollte nichts sehen und nichts hören, und ich wollte nie mehr weitergehen. Es war ganz gleich, wo ich war. Ich kam nie mehr nach Hause.
Jetzt war alles verloren. Alin der Schmied war nur noch ein Schmied wie andere Schmiede, und ich selbst hatte ihn mit Rajún dazu gemacht. Mit unserem Sieg über Evil hatten wir auch Alin erlöst.
Wir wanderten durch die Weiten der Wüste, Rajún, Alin und ich und neben uns das Kaninchen; aber ich hielt meine Augen geschlossen. In der beginnenden Dämmerung spielte Rajún auf seiner Mundharmonika; aber seine Melodien spendeten mir keinen Trost. Bald schon würden wir das Letzte Gehöft erreichen; und der Bauer und seine Frau würden uns erwarten im Abendlicht. Sie würden ihre Arme ausbreiten und ihrem Sohn entgegenlaufen, glücklich, ihn wiederzuhaben. Auf mich aber wartete dort niemand.

Und plötzlich sehnte ich mich nach Mama, wie ich mich nie nach ihr gesehnt hatte: Ich sehnte mich nach ihr, wie sie auf der Fensterbank stand und die Scheiben putzte; ich sehnte mich nach ihr, wie sie nörgelte, weil ich nichts mit meiner Zeit anzufangen wusste; und ich sehnte mich nach ihr, wie sie mir abends ein Märchen vorlas und danach die Decke ganz fest um mich stopfte. Danach gab sie mir immer einen kleinen Kuss auf die Stirn.

„Sie weint!", flüsterte Rajún. „Oh, Alin, sie weint!"

Alin hob mich über seinen Kopf, und ganz sanft setzte er mich auf den Boden.

„Du hast uns allen so sehr geholfen, kleines Mädchen", sagte er. „Du bist für uns die Kühne Kämpferin. Jeder hier im Land wird dich achten, und es wird gut für dich gesorgt sein."

Da schüttelte mich das Schluchzen so fürchterlich, dass ich glaubte, nie mehr aufhören zu können.

„Na, na", murmelte der Schmied hilflos. „Na, na, na! Jeder Kummer hat irgendwann ein Ende!" Dann gab er mir den Spiegel in die Hand. „Sieh dich nur an!", sagte er tadelnd. „Du bist unsere Kühne Kämpferin, und du weinst!"

Aber ich wollte nicht in den Spiegel sehen. Niemals mehr.

„Und Tränen machen die Augen rot", sagte Rajún. Das hatte ich zu Hause ja auch immer gesagt, und ich wusste, er sagte es nur, damit ich lachen sollte: Aber ich weinte nur noch mehr.

„Wenn ich vielleicht?", sagte da das Kaninchen und räusperte sich. „Wenn ich vielleicht eine Lösung vorschlagen dürfte?"

„Sei still!", schrie Rajún. „Du bist doch an allem schuld! Du hast sie doch zu uns gebracht! Du hast alles, alles falsch gemacht! Du bist ja so dumm, so grenzenlos dumm!" Und seine Stimme klang, als wolle er das Kaninchen schlagen.

Da öffnete ich meine Augen, und hinter Alin dem Schmied, an dessen Finger der Ring glänzte, weiß über rot, sah ich, wie das Kaninchen erschrocken zur Seite sprang.
„Warum soll der Dumme nicht auch einmal klug sein können?", sagte es aufgeregt. „Ich habe mir nur gedacht ..."
„Sei still, Kaninchen, sei still!", schrie Rajún. „Von dir will niemand mehr etwas hören!"
Ich sah in den Spiegel, und meine Augen waren rot, so rot.
„Der Ring!", rief das Kaninchen. „Der jede Eigenschaft in ihr Gegenteil verwandeln kann in allergrößter Not! Warum sollte er nicht die vordere Seite des Spiegels zu seiner Rückseite machen?"
Und während ich noch darüber nachdachte und begriff, wie ungeheuerlich das war und leider ganz und gar unmöglich, sah ich im Spiegel, dass ich nicht mehr in den Weiten der Wüste war.
Meine Augen waren rot, und auf meinen Wangen hatten die Tränen Furchen gezogen; aber hinter meinem verweinten Gesicht sah ich die Hochhäuser grau in der Dämmerung: Und an der Ampel verschwand der Kastenwagen gerade im dichten Verkehr des beginnenden Abends.

40.

Wieder zu Hause

Ich war wieder zu Hause.

Ich war wieder zu Hause, wie konnte das sein? War, was das Kaninchen gesagt hatte, doch nicht so unsinnig gewesen?

Ich holte tief Luft und sah mich um: Das hier war mein Zuhause. Die Hochhäuser, in deren Fenstern jetzt die ersten Lichter angingen, und der Rasen davor und die Birke; und sogar die laute Straße mit ihren vielen Autos.

„Juchuuu!", hab ich gebrüllt und bin hoch in die Luft gesprungen, wie kleine Kinder es machen, wenn ihre Eltern vielleicht mit ihnen in die Eisdiele gehen oder ein Fahrrad mit Stützrädern kaufen. „Yabba-dabba-duuu!"

„Tickst du noch richtig?", hat da eine Stimme gesagt, und hinter mir standen Alex und Micha und haben sich gegen die Stirn getippt. Natürlich haben sie gedacht, ich bin durchgeknallt.

Aber das war mir egal, oh, wie egal mir das war!

„Ich muss schnell einkaufen gehen!", hab ich gesagt und gar nicht mehr gehört, was sie mir nachgerufen haben. Ich bin zur Ampel geflitzt, und in mir war so eine große Fröhlichkeit, dass

ich gedacht hab, mich kann nie mehr irgendwas traurig machen.
Ein Bus hat gehalten und ein junger Mann ist herausgesprungen und fast über mich gestolpert; ein junger Mann, groß und stark und mit leuchtenden Augen in einem kantigen Gesicht, wie die Plastikfiguren sie haben, mit denen die Jungs immer Kämpfen spielen, solange sie klein sind, und eine Sekunde lang hab ich gedacht, dass ich ihn kenne.
„Pass doch auf, wo du längsgehst, Mensch!", hat er gebrüllt und mich zur Seite gestoßen. Dann ist er über die Wiese zwischen den Häusern verschwunden, und ich habe gedacht, dann ist es ja klar, wo ich ihn schon gesehen habe.
Und außerdem war es nicht wichtig. Ich war wieder zu Hause und Mama wartete auf mich.
Und als ich beim Supermarkt angekommen bin, standen da Katja und Nasrin, die hatten sich grade Kaugummi gekauft, zuckerfrei. Das haben sie jetzt in ihren Backen hin und her geschoben.
„Na, Katja? Na, Nasrin?", hab ich gerufen und ganz doll gewunken. Am liebsten hätte ich sie beide umarmt.
„Du tust ja, als ob wir uns tausend Jahre nicht mehr gesehen hätten!", hat Katja gesagt, und gerade als ich erklären wollte, wieso es ja auch beinahe so war, hat Nasrin ganz erschrocken geguckt.
„Du hast ja geweint!", hat sie gesagt. „Und du bist ja ganz schmutzig! Was ist denn passiert?" Und sie hat mir eins von ihren Kaugummis hingehalten. Ich hab mir auch gleich eins genommen, und dabei hab ich Nasrin so lieb gefunden und gedacht, eigentlich kann ich auch mal mit ihr spielen.
„Erzähl ich euch morgen", hab ich gesagt. Ich hätte es so gerne

erzählt. Aber ich hab schon gewusst, dass kein Mensch mir meine Geschichte glauben kann. „Ich muss noch was einkaufen. Also tschüssi!" Und ich bin in den Laden gegangen, und da war genauso ein Gedrängel wie an jedem Abend, und die Leute haben mit unfreundlichen Gesichtern ihre Einkaufswagen geschoben, und das Licht war so grell, und eine Stimme aus dem Lautsprecher hat gesungen: „Mach dich frei! Genieß den Tag! Mit deinem Einkaufsradio!"

Da hätte ich am liebsten mitgesungen, und ich hab gedacht, dass ich das jetzt immer, immer machen will, den Tag genießen,

und wenn ich mal irgendwas ganz schrecklich finde, will ich an Evil denken und an das Land-auf-der-anderen-Seite und wie sehr ich mich zurückgesehnt habe.

„Du strahlst ja richtig!", hat die Frau an der Kasse gesagt, bei der ich mein Schwarzbrot aufs Band gelegt habe. „Hast du heute Geburtstag? Man wird ja selber ganz fröhlich, wenn man dich sieht!"

Ich hab nur den Kopf geschüttelt und gedacht, dass ich gerade eben noch fast die Kühne Kämpferin war; und da hatte ich noch viel mehr Menschen glücklich gemacht.

Mama hat aufgeschrien, als sie die Wohnungstür aufgemacht hat.

„Anna, um Himmels willen!", hat sie gerufen. „Wie siehst du denn aus! Was ist denn passiert?"

Ich hab den Korb auf den Boden gestellt und mich im Flur umgeguckt, und dann hab ich meine Arme um Mama geschmissen und ein kleines bisschen geweint.

„Aber Annakind, Annakind!", hat Mama erschrocken gesagt. „Nun erzähl mal, was los ist!"

Da hab ich den Spiegel aus der Tasche gezogen.

„Würdest du mir glauben", hab ich gesagt, „wenn ich dir erzähle, dass ich durch den Spiegel gereist bin, Mama? In das Land-auf-der-anderen-Seite?"
Mama hat gelächelt. „Was ist denn das für ein alter Spiegel?", hat sie gesagt. „Na, ein bisschen überladen ist der schon. Zu kitschig für meinen Geschmack."
„Würdest du, Mama?", hab ich gefragt. „Mir glauben?"
„Du möchtest mir nicht erzählen, was passiert ist, Annakind, stimmt's?", hat sie gesagt und mir tief in die Augen geguckt. „Wenn du nicht möchtest, musst du auch nicht. Bevor du noch irgendwas schwindelst. Aber wenn es wieder diese Rowdys aus Nummer c waren, die dich verprügelt haben, dann sollten wir vielleicht doch mal zu ihren Eltern gehen."
„Waren die nicht", hab ich gesagt, und Mama hat vorgeschlagen, dass sie mir jetzt ein schönes warmes Bad einlaufen lässt mit Badeschaum aus der Minniemaus-Flasche.
„Und dann setz ich mich auf den Rand und les dir was vor", hat sie gesagt. „Dann sind die Tränen getrocknet", und sie ist mit ihrem Finger über meine Wange gefahren, und er hat sich ganz schrumpelig angefühlt, weil sie doch die ganze Zeit mit ihren Händen im Fensterputzwasser gewesen war. Da hab ich gewusst, ich bin richtig zu Hause.
Aber abends in meinem Hochbett mit dem blau gestreiften Vorhang konnte ich lange nicht einschlafen. Ich hab den Spiegel in meine Schublade gelegt und meinen Schmusehasen in den Arm genommen und den Kopf unter die Decke gesteckt. Das mach ich immer, wenn ich nachdenken muss.
Also hatte doch auch das Kaninchen zum Schluss mal was richtig gemacht! Ich finde, das muss ich noch sagen, sonst ist es ja ungerecht: Das Kaninchen hat mich gerettet. Sonst wäre ich

immer noch im Land-auf-der-anderen-Seite.
Und da ist es doch ein Glück, dass ausgerechnet das Kaninchen den Auftrag gekriegt hat, dem Kühnen Kämpfer den Spiegel zu bringen. Wer weiß, ob jemand anders auch so dumm gewesen wäre, dass der Ring ihn schlau genug machen konnte, auf die Idee mit der vertauschten Vorder- und Rückseite zu kommen.
Obwohl das Kaninchen natürlich auch schuld daran war, dass die Falsche den Spiegel gekriegt hat, nämlich ich. Ein schlauerer Bote hätte vielleicht von Anfang an alles richtig gemacht;

und nun ist nichts gelaufen wie in der Prophezeiung.
Aber dafür, dass ich nicht so schlau bin wie Assal und nicht so stark wie Alex und überhaupt nicht so besonders tüchtig, hab ich es ganz gut gemacht, finde ich. Es ist nur schade, dass ich es keinem erzählen kann. Und dass ich Rajún nie mehr wiedersehen werde. Natürlich habe ich Katja und Nasrin, aber das ist eigentlich anders.
Und dann ist es mir eingefallen, da in meinem Hochbett mit dem Kopf unter der Decke. Ganz plötzlich ist es mir eingefallen.
Der Ring! Das Land war erlöst und der Schmied hatte seine Gabe verloren: Aber der Ring konnte immer noch zaubern. Sonst wäre ich jetzt ja nicht hier.
„Rajún!", hab ich geflüstert und den Schmusehasen ganz fest an mich gedrückt. „Vielleicht komm ich ja doch noch mal wieder!"
Oder Rajún kommt her zu uns.
Ich weiß ja jetzt, was alles möglich ist.

Und Der-über-den-Wolken-wohnt?
Als der Abend kommt, steht Der-über-den-Wolken-wohnt hoch über den Hügeln, während über ihm der große Vogel seine Kreise zieht, immer tiefer, bis er schließlich auf dem Arm landet, der für ihn ausgestreckt ist.
Als der Abend kommt, steht Der-über-den-Wolken-wohnt hoch über den Hügeln und sieht die Sterne am Himmel und sieht, wie auf der Erde die Lichter angehen, eins nach dem anderen.
Und lacht.

Joan Aiken

Die Todesklippe von Aratu

Kurz bevor das alte und stinkende Handelsschiff „Siwara" die Südseeinsel Aratu erreicht, verlassen die Schaben das Schiff. „Wegen der Schlangen", erklärt der Captain der jungen Dido Twite. Dido soll auf Aratu Lord Herodsfoot, den Botschafter des englischen Königs, ausfindig machen und nach London zurückbringen. Damit beginnt eine Kette von Abenteuern, denn auf Aratu wimmelt es nicht nur von Giftschlangen und Stachelaffen. Gefährlich ist auch Manoel, der Bruder des Inselkönigs. Er versucht, die Herrschaft an sich zu bringen und schreckt auch vor Mord nicht zurück ...

Verlag Friedrich Oetinger · Hamburg

Carmen Blazejewski

Störtebekers Tochter

Als Stine geboren wurde, tobte ein wildes Sommergewitter und die Scheune des Rittergutes ging in Flammen auf.

So beginnt das abenteuerliche Leben von Stine, der unehelich geborenen Tochter einer Leibeigenen. Sie wächst gemeinsam mit Albrecht, dem Sohn eines Ritters, auf einem feudalen Gut auf. Aber Stine will sich nicht unterordnen. Sie will frei sein. Deshalb macht sich Stine auf den Weg zu Klaus Störtebeker, dem berühmten Piraten. Denn der ist ihr Vater, davon ist sie überzeugt.

Verlag Friedrich Oetinger · Hamburg

Kinder- und Jugendbücher von Kirsten Boie bei Oetinger

Alles ganz wunderbar weihnachtlich
Der durch den Spiegel kommt
Der Prinz und der Bottelknabe
Ein Stier im Wohnzimmer
Eine wunderbare Liebe
Ich ganz cool
Jenny ist meistens schön friedlich
Kerle mieten oder Das Leben ändert sich stündlich
Kirsten Boie erzählt vom Angsthaben
Krisensommer mit Ur-Otto
Linnea rettet Schwarzer Wuschel
Man darf mit dem Glück nicht drängelig sein
Mit Jakob wurde alles anders
Mittwochs darf ich spielen
Moppel wär gern Romeo
Nella-Propella
Nicht Chicago. Nicht hier.
Paule ist ein Glücksgriff
Prinzessin Rosenblüte
Sophies schlimme Briefe
Wir Kinder aus dem Möwenweg